谁的青春

不曾落魄过

"虾米青年"
如何突围

陈小北 ◆ 著

中国言实出版社

图书在版编目（CIP）数据

谁的青春不曾落魄过 / 陈小北著. —北京：中国言实出版社，
2014.6

ISBN 978-7-5171-0583-1

Ⅰ. ①谁… Ⅱ. ①陈… Ⅲ. ①长篇小说－中国－当代

Ⅳ. ① I247.5

中国版本图书馆 CIP 数据核字（2014）第 101333 号

责任编辑：陈昌财

出版发行　**中国言实出版社**
　　　　　地　　址：北京市朝阳区北苑路 180 号加利大厦 5 号楼 105 室
　　　　　邮　　编：100101
　　　　　编辑部：北京市西城区百万庄路甲 16 号五层
　　　　　邮　　编：100037
　　　　　电　　话：64924853（总编室）　　64924716（发行部）
　　　　　网　　址：www.zgyscbs.cn
　　　　　E-mail：yanshicbs@126.com
经　　销　新华书店
印　　刷　北京市玖仁伟业印刷有限公司
版　　次　2014 年 9 月第 1 版　　2014 年 9 月第 1 次印刷
规　　格　880 毫米×1230 毫米　　1/32　　印张 8.25
字　　数　170 千字
定　　价　32.00 元　　　　　ISBN 978-7-5171-0583-1

前言

　　"虾米青年"是一群"大学毕业生低收入聚居群体"。他们大部分受过高等教育，有学历有文化，但收入不高，有时候经常处于失业状态。他们的生存条件是这个城市中处于中低端的，游离在繁华城市的最边缘，高楼大厦可能是他们工作的地方，高档小区蠹立在他们周围，但这一切都不属于他们，下班后他们必须回到位于城郊的出租房里或者地下室、隔断房中。

　　"虾米青年"的生活条件很苦，他们那点可怜的薪水只能租住几百元一间的房子，或者几个人"蜗居"在一起。屋里的设施很差，没有像样的家具，没有厨房，也没有洗手间，大量的物品都堆积在几平米的房子里，包括锅碗瓢盆等生活杂物。

　　这是"虾米青年"想过的生活吗？不，他们迫切希望能改变自己的现状，试想，有哪个"虾米青年"会甘愿一辈子"蜗居"？谁愿意一辈子生活在城郊和地下室？他们十分渴望成为光彩夺目的白领，向往那种有房、有车、有充裕消费能力的白领生活。

　　说到白领，我们平常的印象里，是那些生活在大城市里，穿着干净时尚的衣服，昂首行走在高楼大厦之间的年轻人。他们的鞋子一尘不染，他们的脚步轻快，这一切都仿佛在告诉路人：我有许多工作要做，我很忙。他们坐在明亮的写字楼里，喝着冒热气的咖啡，一边整理文件，一边用肩膀夹着电话与客户沟通，而且，他们的办公桌上放着电脑，旁边摆着一些可爱的装饰品……

其实，很多大城市的"虾米青年"也有这样的工作状态，他们的穿着打扮很时尚，也能坐在办公室，也有电脑用，而且你也很难在大街上分辨哪个是"虾米青年"，哪个是白领。可"虾米青年"的薪水却少得可怜，还没有任何的保障，与真正的白领相比有着天壤之别。至少他们住不起小区里那宽敞明亮的大房子，每天都要挤公交、坐地铁，没有更多的钱去消费，不敢常去酒吧、咖啡馆之类地方，对生活没有足够的底气和自信。

面对不如意的处境，很多"虾米青年"觉得这一切很不公平，同样是天之骄子，白领能住小区的楼房，自己却住平房或地下室、隔断房，别人开车子上班，自己却在公交里挤得没有放脚的地方，彼此的人生是如此不同。现实与梦想之间的距离，让他们不停抱怨，抱怨找不到好工作，抱怨企业歧视应届生，抱怨公司不给自己发展机会等等，把所有的问题都推到社会和企业身上，却不知道从自身寻找原因。

还有一些"虾米青年"开始自暴自弃，对自己没了自信，觉得自己成为"虾米青年"是自己没高学历、没能力、没背景等等，这辈子就这命了，早早地给自己贴上"虾米青年"的标签，久而久之就逐渐失去了斗志和激情。等有一天他们30岁了，发现自己还一无所有，他们无奈地离开了这座城市，这才后悔自己没有好好努力。

2

其实，"虾米青年"不必抱怨，也不要轻易放弃奋斗，你应该正确去看待自己所处的状态，这只是一个人成长必须经历的阶段，是你向白领蜕变的一个过渡期，很多成功者都经历过。你刚刚踏入这个社会，职业生涯才刚刚开始，在年轻的岁月里暂时经历一些磨难和苦日子很正常，而且真正的成功都是在吃苦中逐步成长和强大的，能一毕业就当白领，就能住楼房的毕竟是少数，你的未来依然充满机遇。

可以说，你不会一辈子做"虾米青年"。命运掌握在你的手中，你需要主动去改变自己。只要付出努力，一切皆有可能。不敢想不敢做，只能被别人远远地抛在后面，你若再不追赶，不奋斗，也许就会一辈子默默无闻。

当然，"虾米青年"向白领的蜕变，不是喊一句"努力就有收获"的励志口号就能做到的，有些天天喊着成功的人往往最后都成为了失败者，因为光说不练等于白说，只埋头苦干不动脑子、不讲方法只能维持原状。要想通过自己的努力变成白领，你需要做的事情很多，而且还是一个漫长的过程，没点耐心是不行的。

首先，你要突破"虾米青年"的心态和思维局限，不被这些东西束缚，比如放下面子，认清自己的状态等。然后，给自己制定一个职业规划，让自己的行动找到目标，并有野心改变现状。其次，要做的事情就多了，如何找工作，如何锻炼自己，如何适应激烈的职场竞争……等你有足够实力时，你就可以通过升职和跳槽的方式向白领迈进。在这期间，你还要学会理财，学会增加额外收入，有了足够的经验、能力、资历和存款后，你就不怕失业，不怕跳槽，还能改善自己的生活。最后，男"虾米青年"要获得成功，还需要女人的支持和鼓励，而聪明的女人愿意陪男人吃苦，更懂得包装男人。

为给"虾米青年"在成功的道路上提供一些帮助，我们特意编写了这本书。该书励志加实用，一方面给读者心灵上的抚慰，另一方面，也让迷茫的他们找到前进的方向。作者在网易云阅读推出了《90后找工作这点事》《重口味的日本人》，以及豆瓣阅读《为何单身的总是你》，期待您的关注。

目 录
CONTENTS

第七章 不要被老板套牢，跳槽跳到白领去

第八章 增加你的额外收入就"不差钱"

第一章

城市很大，我们却游走在边缘

在我们所生活的大城市里，既有光鲜亮丽的白领，也有一群曾被我们忽视的"虾米青年"，他们很多是刚毕业的大学生，或者毕业后一直没有突破自己的低收入者。他们受过高等教育，然而却从事着保险推销、电子器材销售、广告营销、餐饮服务等临时性工作。他们绝大多数没有"三险"和劳动合同，月均收入低于3000元。

为了在激烈竞争和高房价的大城市里生存下来，他们"蜗居"在城乡结合部或近郊农村，居住环境很差，没有家的感觉，只有不停搬家的漂泊感。残酷的现实还让"虾米"男人越来越没有爱情的安全感，没女朋友的，要忍受着单身的寂寞，有女朋友的，也担心她会爱上别的男人。可即便生活这么苦，他们也没想过要离开这里，为了心中的那份理想，他们依然坚守着，像蚂蚁一样顽强地活着。

城市边缘的落魄青年

何为"虾米青年",说白了就是"蚁族"、"年轻屌丝",。他们不是真正的穷人,也不是农民工,有理想,有学识,只是处于人生最黯淡的阶段,所以本书称之为"虾米青年"。

相对于其他贫困群体,"虾米青年"属于高智商群体,他们虽然薪水低,但却有很高的学历,很多都是大学生,甚至还有研究生。他们往往集中居住在城中村、郊区,甚至阴暗潮湿的地下室,或者是很多人合租一套房子。他们的居住环境差,收入低,没有保险,很多人还没有稳定的工作。面对不如意的处境,很多人对未来和明天都感到迷茫,缺少安全感。

根据调研,仅北京就至少有 10 万"虾米青年"。除了北京,在上海、武汉、广州、西安、重庆等城市也都有大规模"虾米青年"存在,估计全国的"虾米青年"数量已超过百万,甚至千万。他们已成为继农民、农民工、下岗职工后的"第四大弱势群体",年龄集中在 22 岁~ 29 岁之间,很多都是 80 后和 90 后。

他们 50% 以上来自农村,20% 多来自县或县级城市。这些受过高等教育的大学生却从事着保险推销、电子器材销售、广告营销、餐饮服务等临时性工作，收入没有保障，很多人月薪才2000元到3000元。在高消费和高房价的大城市里，他们只能蜗居在城市的边缘，因为那里房租便宜，生活成本也低。

可以说，"虾米青年"生活在大城市的最底层，过着一种与他们身份不相适应的生活。这种生活有辛酸，有艰辛，也有迷茫，我们看两个年轻"虾米青年"的一天：

十一月的天，北风呼呼地从门缝里吹进来，陈平的闹钟响了，他拿着手机看了看，又倒头睡了一分钟，然后很不情愿地穿衣服。旁边的军子还在睡觉，军子刚刚大学毕业，两个月前来的北京，招聘会参加了很多个，简历投了几百封，面试过的公司不计其数，就是没有找到一份可以上班的工作。陈平没叫醒他，叹着气下床穿鞋子。

陈平所住的地方是一个叫铁匠营的村子，地处北京顺义郊区，离市区大概有一个小时的车程，而且出村一里地就是飞机场，轰隆隆的声音不绝于耳，不过时间长了也就习惯了，何况这里的房子这么便宜。

房子是村民的自建房，租金一月200元，面积不足5平方米，里面除了一张床和简陋的桌外，就是略显斑驳的墙壁。陈平屋子里很凌乱，床下面塞满了箱子，水泥地上也堆放着背包、纸箱子、塑料袋之类的杂物。旁边堆放着他们的锅碗瓢盆和调料，由于房东怕把房子熏黑，他们做饭时还要到屋子外。

穿好鞋子后，陈平拿起脸盆就出去了，里面放着牙刷和肥皂。

因为没有洗手间，他必须到院子里洗漱。谁知院子里早已聚集了很多人，无奈之下，陈平放下脸盆去了院子外的厕所（叫茅房更合适）。这里住着7户人家，有附近的人文大学里的学生，也有他这样走入社会的80后。

陈平洗漱完回到屋里，看见军子已经醒了，却没有穿衣服，而是看着天花板发呆。军子对陈平说："这就是我来北京的生活吗？我原以为来北京能做个白领，拿着高薪，住高楼，可这一切怎么看不到希望呢？"

陈平说："现实点吧，这就是'蜗居'，这就是'虾米青年'生活，在北京能有个地方睡觉就不错了。对了，你最近工作找得怎么样了？"

军子说："有一家电视购物公司让我去面试，下午去看看。"

陈平拿出一百元钱递给军子，军子在北京这两个月已经花干了盘缠，如今也只能依靠陈平了。之后，陈平提着包就出去了。为了省时间省钱，陈平在街上买了几个包子外加一杯豆浆就解决了自己的早餐。他匆匆赶到了铁匠营站台，那里黑压压一片站满了人。他们都是年轻的上班族，穿着打扮和白领没什么差别，只是光彩的背后尽是寒酸，或许他们每个人都想早点离开这个小村庄，盼望着能在朝阳、海淀这些市区有一套属于自己的房子！

915路公交车来了，男男女女都急忙往前站，车上已经人满为患，但大家还是拼命地往上挤。挤车不分男女，所有的矜持和绅士都不存在了，趁机占美女便宜也属无奈，里面的售票员还不耐烦地说："往里走点，坐不上的就等下趟！"

陈平就是等下趟车的那部分人。他在焦急中继续等车，大约过了 10 多分钟，第二辆车才缓缓驶来，这次陈平不顾一切往上挤，差点弄掉眼镜。车子里很拥挤，别说有座了，站的空间都严重不足。半个小时后，公交车到了望京地段，糟糕的是这里堵车了，长长的车龙看不到尽头，陈平的心开始急躁起来，因为还有 20 分钟就迟到了。

等陈平走近办公室的时候，老板狠狠地瞪了他一眼，一个同事小声说："恐怕你这月的全勤奖没有了。"陈平苦笑着，坐下来打开电脑，开始了自己一天的工作。虽然有着白领一样的工作环境，却拿着不足 3000 元的薪水，想想真的很无奈。中午吃饭的时候，几个女孩下馆子去了，她们收入并不高，可她们的消费却不低。陈平从来没去过，只是要了一份 10 元钱的盒饭，说实话很难吃。期间，几个男同事凑在一起聊房价。一个人说："望京昨天诞生了三个'地王'。"另一个人说"任志强又'放炮'说'四环内的房价要超过 5 万，越早买越好'！"陈平抬起头接着他们的话说："靠咱们这点收入，几辈子能在北京买得起每平方米 5 万的房子？就算我们一个月 6000 块，那也得半辈子啊！"

傍晚的时候陈平坐车回家，同样多的人，同样拥挤的公交车。在车里，陈平看着窗外高楼林立的街道，那粉彩的霓虹，那令人神往的酒楼、咖啡厅……但这些东西都不属于自己，他必须回到城乡结合部那个"蜗居"的小家。

陈平到家的时候，屋里亮着灯，原来军子在用他的电脑上网。军子见陈平进来就兴奋地说："我找到工作了，今天庆祝一下！

等我发了工资就还你钱。"说完，他把早已买好的酒和菜放在桌子上。陈平拿来凳子坐下，军子则坐在床上，两个人开始对饮。

陈平边吃边问："是那家电视购物公司吗？具体做什么工作，薪水怎么样！"军子在兴奋中略显失望地说："就是电话促销员，一月底薪就2200块钱，必须出单才能赚到钱，而且没有劳动合同，没有保险，也没有养老金。不过有份工作已经很高兴了，希望这个月能拿2500元的薪水。"陈平说："咱们一起努力吧，为梦想、为明天奋斗。"军子脸红红的，他把一杯酒饮尽大声说："说得对，我就不信成不了一个白领！"

一个小时后，军子有些醉，他倒在床上就呼呼地睡着了。陈平收拾了一下桌子，拿出脏衣服到外边洗。水刺骨的冰凉，让他直哆嗦。20点时他坐在电脑前浏览了一下新闻，接着打开文档开始写他的小说。陈平是一个文学爱好者，他来北京也是为了这个梦，他希望有一天自己的小说能出版，然后在北京买一套房子住，当然他也渴望爱情的来临。到凌晨1点时，他才关掉电脑睡觉，梦中他见到了自己的大房子和漂亮的女孩。

这就是两个"虾米青年"的一天，这样的生活每天都在继续。故事中村子真实存在着，也是一个"虾米青年"部落，这里比唐家岭更远离城市，条件更为艰苦。但因为这里租房很便宜，消费比市区低很多，才吸引了陈平住在这里。陈平是一个典型"虾米青年"代表，他有着看似体面的工作，可他薪水很低，只能"蜗居"在郊区。军子是另一类"虾米青年"的代表，他刚刚毕业，一时找不到合适的工作，即便找到也是那种很不稳定，没有保障的工作。不过，他们是坚强的、有梦想的人。

没有归宿感的异乡漂泊者

漂泊在外的人都想有一个家，家是最安全和放松的地方，那里有亲人的关爱和包容，那里可以疗养我们的身心，能够释放我们的疲惫和压抑等等，在家里也不会有孤独、暂住、寄人篱下的漂泊感。

可以说，有家才有归属感，才能享受温馨的生活，当劳累了一天回到家里时，一种如释重负的感觉飘荡开来，浑身轻松自然，这时你不需要再伪装自己，不需要再阿谀奉承，同时，你还可以吃到贤惠妻子做的可口饭菜，或与贴心丈夫说说彼此的心里话，这便是有家的温馨、幸福的生活。

家是什么呢？其实家只是一个无形的概念，是人们在血缘关系下形成的一个社会关系，而它的符号就是房子，是房子把这个关系内的成员聚集在一起，组成了有形的家。房子是人们生活和居住的地方，是必不可少的东西，自古以来有家必须有房子，有了房子，家在形式上才能存在。对于漂泊在异乡的"虾米青年"来说，他们多想有一个家的"符号"，有一套属于自己的房子，这样才能在这座城市找到归属感。

"虾米青年"们来自天南海北，为了彼此的梦想来到了同一座城市，或者大学毕业后留在了城市发展。他们没有户口，没有存款，没有房子，只能在郊区租便宜的房子住。他们虽然生活在繁华的城市，却游离在城市的边缘，就像蒲公英一样孤独和寂寞。他们没有固定的落脚点，永远不知道下一站会漂向城市的哪个角落。他们不停地变换工作，不停地搬家，家对他们来说显得很陌生。房子只是一个可以暂时睡觉的地方，没有固定的符号，时刻都有可能发生变化，跟随他们四处漂泊。

他们不希望一直这样漂泊下去，不想长期租房子住，因为租的房子毕竟是人家的，还会受到别人的约束，甚至有合租烦恼。所以，"虾米青年"很需要有一套属于自己的房子，有了房子后，在这座城市就有了一个固定的家，漂泊感没了，归属感自然会有。而且，有了房子就不用天天租房，不用经常搬家，不用担心失业了房东向你催房租，也不用住了几年被房东逼着搬家。更重要的是，你成为了房子的主人，房子里的一切都是你的，你可以随心所欲地做各种事情，没有人会干涉，你能实实在在地感到房子的存在。

但这一切对年轻的"虾米青年"来说显得十分渺茫。如今的房价高的离谱，令广大"虾米青年"觉得自己一辈子都买不起。在北京、上海、深圳这样的大城市，房价低于100万的已经凤毛麟角，即便低于100万，也是那种地处郊区、交通不方便、采光不好而且户型最小的房子。就算父母愿意帮你交首付，你有条件成为"啃老族"，可是每月好几千的"房贷"，又有几个"虾米青年"能承担？现实的无奈让他们只能做一个没有归属感的漂泊者。

我们看这个故事：

七月份的一天，阳光普照大地，刚毕业的肖迅一个人踏上了北上的列车。在车上，肖迅一脸兴奋地告诉旁边的人说："我要去北京了，我一定能在那里找份好工作，再买一套大房子住！"他在那里侃侃而谈，憧憬着自己去北京后的生活。

旁边的一个农民工嘿嘿笑道："你这个大学生是不是到北京做白领？高楼、办公室和电脑？"另一个年轻人却不屑地说："你以为在北京找份工作那么容易啊，北京缺啥都不缺大学生。你在那边有亲戚朋友吗，有房子住吗？"肖迅还沉浸在遐想中，他回答说："我一个人去北京，准备到北京先租个房子住，然后好好找工作。我一定能融入这座城市，买套房子，找个老婆，在北京定居下来……"

临近傍晚时，火车到达了北京西站。肖迅拖着沉重的行李出了大厅，他一个人站在北广场中央，行人比肩继踵，如同洪水一般，放眼望去周围到处是车辆，到处是高楼，他突然感觉自己是那么渺小，就仿佛是一只蚂蚁，随时都有被人踩在脚下的可能。肖迅有些茫然了，这座城市原来是那么陌生，他如今不知道自己该往哪里走，该去什么地方。

天黑的时候，肖迅被一个女人拉进一个旅店，一个晚上竟然要了100块。为了尽快找到工作，他第二天就参加了一个大型招聘会。那里人山人海，挤满了前来应聘的年轻人，招聘单位也很多，可是他们只收简历，不进行面试，只要问他们，就会说你先留简历，若合适就联系你。无奈，肖迅每个站台都放了一份简历回去等消息。

这一等就是一星期，却没有一家单位给他打电话，他开始着急了，而这时他的吃住已经花了2000多块。为了省钱，他经人介绍在西北旺镇租了一间房子住，每月300元，房子十分简陋，让他心里酸酸的，一种落魄感袭上心头。之后，他继续找工作，没经验的他总是被对方婉拒。一个月后，他去一家广告公司面试，这家公司表示愿意录用他，可只能给1000元工资，肖迅想了下，1000元的薪水还不如弟弟在工厂打工赚的多呢，就拒绝了。从公司出来后，看了看时间，还早，又赶场似的去了第二家公司。面试通过后，对方开出的工资也就1500元，肖迅高薪的希望再次被扑灭，他不敢再挑剔了，答应第二天来上班。

公司在朝阳区，每天上班必须坐很远的车才能到，有时候还经常迟到。在这种情况下，他就产生了搬家的念头。可是公司附近的房子都很贵，没个几千元是无法租房的，后来他就和一个男同事在通州郊区租了一间平房。

一年后，他跳槽了，薪水有2000多，但这里离城区很远，他和一个同事在某小区合租了一个单间，两人分摊1000多元的房租，这套房子加上隔断房住着8户人，在上班下班的时候显得特别拥挤。住了几个月，那个同事有了女朋友，女孩经常来找同事，这对恋人在肖迅面前毫不顾忌的亲昵举动让他忍无可忍。

　　几个月后，肖迅搬出了那套房子再次搬回西北旺，以每月500元的租金租了一套便宜的房子，里面有厨房和卫生间，不过这是村民的自建房，没保安也没有保洁人员，条件不能和小区比。他很多次想添置些家具之类的东西，可想想又觉得以后搬家麻烦，也不知道哪天又要搬家，这种漂泊感让他懒得打理自己的房间。时间长了，肖迅房子越来越乱，那个每月500元的家，只是一个暂时居住和睡觉的地方，一点家的感觉都没有。

　　两年后，肖迅仍然属于低收入者，薪水多时才3000元。但他已经有了女朋友，想找家的感觉，他们就以每月1000元的价格在某小区租了一个主卧，房子很漂亮也很干净，女朋友还到超市买了许多小饰品装饰房间，弄得很有家的感觉，也特别温馨。但好景不长，他们不得不再次搬家，因为房东的儿子要回来住，这个房子要收回。

　　两人拿着房东退给的房钱，再看看自己精心布置的"家"，心里十分委屈，一种漂泊感再次袭上心头。女朋友说："咱们什么时候能在北京买一套属于自己的房子啊，那样才叫个家啊，也不用天天搬家了。"肖迅已经没有了初到北京时的那种自信了，他说道："我不知道，等哪天我们能拿到一万块的薪水时再说吧。"

　　可女朋友没有等到他赚一万的时候，就爱上了一个北京人。而肖迅拿着3000元的薪水，依然在漂泊，没有房子，没有归宿……

　　在北京，还有很多"虾米青年"同样在漂泊着，他们渴望着有一天能稳定下来，买一套属于自己的房子。但现实却是残酷的，一套价值百万的房子对他们而言是遥不可及的事情，属于他们的只有一个不停移动的"家",像漂泊者一样没有归宿感。在这里,我们只能祝愿他们能够早日结束这种"奔波移动"的生活,奔向白领阶层,实现自己的梦想,并在这个城市找到自己的归宿。

再苦也不想离开这座城市

我们先看"虾米青年"小陈的故事:

小陈是山东人,学的是企业管理,在到北京之前,他在家乡的一个小企业做行政助理工作,每月有2000元的收入,但他却看不上这里的工作环境,一心想到北京、上海这样的大城市去闯闯。于是,他在家人的反对下,辞掉工作一个人去了北京。来到北京之后,却发现北京的发展空间大,但竞争也激烈,他费尽周折找到的工作依然是一家公司的助理,说是上班,其实和实习差不多,每月的薪水只有1200元,扣除五险一金之后不足千元。

小陈的那点工资根本不够他在小区租房子,没办法,他在离市区很远的顺义郊区租了一间民房。那时候是冬天,民房里没暖气,为了取暖他花了几百元买了一个电暖器,但效果不好,坐在房子里面就像进入冰窟一样,如果不开电暖器,盆里的水会马上结冰。晚上睡觉的时候更冷,他从家里带的被子难以抵御严寒,只好又买了两床棉被。

面对如此低的待遇和这么差的生活环境，小陈想过离开北京，但后来还是打消了回家的念头，发誓再苦也不会离开。他觉得家乡待遇再高也是小地方，发展的潜力不大，而且他喜欢大城市的生活，那些高楼，那些琳琅满目的商品，那装饰典雅的咖啡厅，虽然这些东西暂时还不属于自己，但他喜欢生活在这样的氛围当中，能天天看到它们就是一种满足。一个老同事也对小陈说，没有人一下子就能当总经理，要想成为一个管理者，还必须一步步的学。小陈对这话很有感悟，所以他坚信自己只要坚持下去就能留在这座城市，不准备回家，也不想去其他城市，再苦再累也要留在北京。

很多"虾米青年"都有小陈这样的想法，他们渴望大城市的生活，无论这里的生活条件有多么的艰苦，他们都没有离开的打算。因为这座城市承载了他们太多的梦想和希望，有时候他们也是为了大学生的尊严而活着。

"虾米青年"的这种现状，还引起了国家相关部门的重视，2009年12月25日上午，第十一届全国人大常委会第十二次会议分组审议《国务院关于促进就业和再就业工作情况的报告》时，一些全国人大常委会组成人员就当今大学生就业问题进行了讨论，特别是城市"虾米青年"群体的生存和发展。

常委会委员牟新生对"虾米青年"的生活状态感慨地说道：北京有一批大学毕业生在社会上漂着而没有正式就业。这些"虾米青年"很多居住在远郊区的民房中，有一个村子住进了上万名大学生，几个人住在一间房子里，没有暖气。他们的月收入基本上不超过 2000 元，日子过得很艰苦。可是即便再苦，他们也不想离开。

委员们经过讨论后认为"虾米青年"不愿离开大城市的原因首先来自大城市的吸引力和发展空间，"宁要北京、上海一张床，不要外地一套房"是很多人的共同想法，然而，高校就业形势的日趋严峻使得"虾米青年"群体日趋扩大，加上他们狭隘的就业观念、要求和实际相脱节，使得"虾米青年"的生存环境变得越来越差。

的确，很多"虾米青年"之所以做出"人往高处走"的选择，首先，他们喜欢待在大城市里，看中的是这里的发展空间和快节奏的生活方式，有着很多的机会，能实现梦想的可能性也大。尽管很多外地人抱怨大城市房价高、人流拥挤、空气质量不好、生活成本太高，但如果劝他们离开，他们就会选择以容忍的态度坚持留下来。

比如，一个大学生抱怨说："我们那里连大一点的广告公司都很少。而在北京，有那么多文化传媒公司和各类企业的宣传岗位需要我这种专业的学生，只要不嫌薪水低，找一份工作还是不成问题的。"

另一个大学生也说道："我回到自己的家乡之后，发现那里根本就不适合我，与想象的完全不一样。我是学市场营销的，可我家那里属于贫穷县市，根本没有什么大公司需要专门的营销人员，招电工、焊工、服务员的多，但不需要我们这样的大学生，何况我一个高校毕业生也不能做那些工作。在家待了一年后，还是返回了大城市。"

其次，在"虾米青年"看来，大城市里有着公平的竞争环境，在大城市固然有人心险恶的地方，但相较而言，由于大城市人情关系不那么复杂，很多公司看重真实的能力，走后门、靠关系的现象很少发生，竞争环境相对也公平一些。倘若在小城市，没有好的关系网，没有后台，你是很难混出名堂的。所以，一个"虾米青年"这样说道："大城市的发展机会相对还公平一点，你到二、三线城市看看，想找个好工作没有个好爹是不行的。"虽然这样的观点有些片面，但也反映出大学生不愿回家发展的无奈。

再者，"虾米青年"把待在大城市当成一件很光荣的事情，是脸面和尊严的象征，特别是那些出生于农村和小县城的大学生。他们对土地没有父辈那样的感情，对农村和家乡没有父辈那样的依恋，他们最大的希望就是毕业留在城市发展，梦想自己有一天能和大城市里的孩子有一样的身份和地位。如果上了几年大学又回到家乡发展，他们在脸面上过不去，怕被村人和邻里瞧不起。而且，他们身上寄托了家人和乡邻太多的希望和人情债，在他们看来只有在大城市混出名堂来才对得起家人和乡亲们的厚望和期盼。

就这样，"虾米青年"们在种种心态之下，甘愿忍受着各自残酷的现实和不平等的待遇，在恶劣的生存环境中挣扎着，没有房子，没有存款，也没有爱情，连回家过年都囊中羞涩，可他们依然选择坚守大城市这块阵地不离开。

在这里，我们衷心祝愿他们，也希望他们能够做出正确的人生选择。至于该如何去选择，我们将在后面的章节作详细介绍，希望能帮助"虾米青年"寻找到自己的发展之路，只要自己不放弃，总有一天你也会踏入光鲜亮丽的白领阶层。

"虾米青年"男人没有爱情的安全感

在"虾米青年"引起社会广泛关注的时候，凤凰卫视的《鲁豫有约》特别采访了三个在北京漂泊的"虾米青年"。当陈鲁豫问及"虾米青年"的爱情观时，一个叫刘燕斌的"虾米青年"说："她告诉我，如果你有房有车，我明天就嫁给你！"女朋友要求是刘燕斌无法满足的，所以他们就分手了。其他两个人也表达了"虾米青年"面对爱情的无奈，他们都认为男人没有好的条件，就没有女孩子爱，做"虾米青年"很没安全感。

"虾米青年"在爱情面前的困惑和脆弱感，是他们无法逃避的现实。现代社会竞争激烈，人往往都比较现实，女孩都希望自己嫁得好一些，虽然不嫁入豪门，也希望找个有经济基础的男人做老公。在她们看来，婚姻、爱情既需要感情，也需要物质，二者缺一不可。爱情虽然浪漫，但不能当饭吃，只有建立在一定的感情之上，又有一定的物质基础作保障的爱情才能永恒。因此，她们在选择男人时，会看重与这个男人的感情之外所附带的东西，以前女人会看重男人的家族背景，而现在看重的则是他有没有一套房子，有没有车子，看他的收入状况怎么样，家里是不是有钱等等，很俗气但却很实际。

女孩喜欢有经济基础的男人有她们虚荣和贪图享受的一面，也有现实生活所迫的一面。如今是一个物质生活高度发达的时代，衣食住行，哪一样都要花钱，要想让自己的生活条件好些，就必须有点经济基础。没钱没房子，你的生活质量就难以提高，连给妻子买件漂亮的衣服都囊中羞涩，何况养孩子。

也许有些"虾米青年"中的男人会说，我们刚刚毕业没几年，能在短时间内积累财富是很难的。这点是可以理解的，谁都有贫穷的时候，再富有的男人也必须从贫穷的阶段一步步走来，一个刚毕业的大学生也不能一下子功成名就，他们在30岁前挤公交，在郊区做"虾米青年"，或在地下室"蜗居"，这都是很正常的贫穷阶段。可现实的情况是，比你有经济基础的男人还有很多，女人不会因为可怜你而嫁给你，她们有选择婚姻和爱情的自由和权力。如果不能给女孩好一些的生活，你只能看着心爱的女孩离自己而去。比如下面这个故事：

玲玲和男友子诺从苏州某大学毕业后就去了上海发展。玲玲来上海前觉得，只要能找一份高薪的工作，能和自己的男友天天守在一起就很满足了。可来了之后，她有些失望，至少她变得现实了，没有房子、没有好的工作，你只能做"虾米青年"。

两人的薪水都不高，为了省钱，他们在一个拥挤的弄堂里租了一间房子，那里住着这个城市的底层居民，还有一大批像他们这样刚刚毕业的大学生。他们有的合租，有的同居，还有的单独租一个小房间"蜗居"。

玲玲所在的弄堂很旧，地板是木质结构的，走路的时候咯吱作响，隔音也不好，邻居家的一点小动静都听得清清楚楚，所以，他们在房间里都是轻手轻脚的，就连亲热都选择在邻居不在的空隙时。而且，这里离她上班的地方很远，她每天必须6点就起床，晚上8点才能赶到家。这样的生活实在让玲玲无法忍受，离她想象中的差远了。

两个人"蜗居"了一年后，玲玲就想有一套属于自己的房子，这样她就不用再过"虾米青年"的生活了，说实话，她开始羡慕公司里那些住在大房子里的女孩们，羡慕她们有一个能干的男朋友。再看看自己的男朋友，到现在还是一个普通的职员，更令她不满的是，子诺竟然喜欢做一个"虾米青年"，没想过去做月薪过万的白领，他觉得那很遥远。

因为较差的生活环境，因为没有房子，玲玲天天和男友吵架，就在这期间，她遭遇了另一个男孩的追求，相对于男友，这个男孩很能干，靠自己的努力，已经在上海买房买车了。半年之后，玲玲和男友分手了，并接受了那个男孩的追求。在分手时，她对男友说："我相信你是爱我的，但我的爱情也需要现实的土壤，我不希望自己永远和一个'虾米青年'男友在一起，也不希望自己未来的老公是个'虾米青年'！"

别怪玲玲这样的女孩太现实，只能怪这个社会的竞争太残酷，女朋友追到手后，如果你不通过自己的努力让女孩过上幸福的生活，如果你不给女孩展现你未来的潜力，说不定她有一天就会和你说拜拜。恋爱时，男孩女孩山盟海誓，觉得两个人只要心中有爱，就可以天长地久，但是，当爱情遇到现实就会变得十分脆弱，使还一无所有的"虾米青年"缺少足够的自信和安全感。

因为"虾米青年"男人缺少安全感，所以他们害怕爱情，他们怕被女孩拒绝，害怕伤害，害怕现在的女朋友有一天会成为别人的女朋友。事实上，很多"虾米青年"都没有女朋友，即便遇到自己喜欢的女孩也没有勇气追。比如下面这个男人：

小林是上海的一个"虾米青年"，大学毕业后工作一直不是很稳定。今年已经27岁了，眼看就要"奔三"了，他的父母似乎有些着急，很希望儿子能够早日成家立业。爸爸每次打电话，都说谁谁结婚了，谁家的孩儿几岁了之类的话。就仿佛天下就剩小林这个光棍找不到媳妇似的。

小林也无奈地对家人说："我每天工作那么辛苦劳累，哪有闲暇时间去谈情说爱，更重要的是自己的经济能力，我在上海没房子，没好工作，没几个女孩会看上我的。"

其实，小林有自己喜欢的女孩，她是河南人，两个人一起进的公司，是很多男同事追求的对象，还有很多是本地户口的。小林苦于自己"虾米青年"的身份，一直都没有勇气表白，只能那样默默地喜欢对方。后来，那个女孩和一个收入不错的研究生确定了恋爱关系，让小林有种淡淡的失落感，他想自己该好好努力了。

可以看出"虾米青年"恐惧爱情，但内心却十分渴望爱情的来临。作为男人，"虾米青年"必须面对残酷的现实，不能逃避，不能自暴自弃，更不能抱怨女人。应该想办法摘掉"虾米青年"这顶帽子，想办法提高收入，改善自己的生存环境。只要你努力，你就可以成为女人眼中的潜力股，女人会爱上一个潜力股男人，却绝对不会爱上一个胸无大志的穷男人。

而且，一旦男人有了经济基础，就不怕女人看不上你，因为经济基础比男人的外表更值钱，它是男人的底气，是男人的竞争力。男人有了物质条件后就可以虚位以待，掌握婚姻的主动权！

调查：你觉得自己是"虾米青年"吗

下面是一个关于"虾米青年"的调查问卷，根据你的实际情况选择符合自己的选项或填写符合你情况的答案。希望通过这个调查问卷帮助年轻人了解自己是否是"虾米青年"，还希望通过该调查问卷让社会了解真实的"虾米青年"的生活状况。如果问卷中提供了选项，你就可以在符合你情况的那一项划上对号，如果是横线就填写相关内容。

一、你的基本信息

1. 你的姓名：----------------

2. 你的性别：A. 男 B. 女

3. 你的年龄范围大致在：

A.20-23 岁　B.23-25 岁　C.25-30 岁　D.30-40 岁

4. 你的教育程度是：--------- 毕业学校是：--------- 所学专业为：

5. 你的家乡在：---------------------- 是否为本地户口：A. 不是 B. 是

6. 你的家庭状况：A. 独生子女 B. 非独生子女

二、你的就业状况

1. 你目前所在的城市为：----------- 是否想向往大城市：

A. 向往 B. 一般 C. 不向往

2. 你在从事什么工作 ----------- 工作满意程度：

A. 满意 B. 还可以 C. 很不满意

3. 你的工作时间多久：

 A. 不到一年 B. 一到三年 C. 三到五年

4. 你公司所处城市位置：

A. 市中心 B. 二线区 C. 城市郊区 D. 其他

5. 你选择的出行工具：

A. 公交 B. 地铁 C. 公交加地铁 D. 开车

6. 你几点起床：-------- 到公司需要几个小时：-------

晚上几点回到家：----------

7. 你每天工作多少时间：

A.6 到 8 小时 B.8 小时 C.8 至 10 小时

8. 你目前的收入状况为：

A.500—2000 元　B.2000—5000 元　C. 5000 元以上

三、你的生活状况

1. 你是否有自己的房子：

A. 有 B. 有，父母给的 C. 暂时没有 D. 快有了

2. 你目前在什么地方居住：

A. 小区 B. 集体宿舍 C. 平房 D. 地下室

3. 你的居住方式为：

A. 与父母同住 B. 合租 C. 单独租房 D. 与恋人同居

4. 平均居住面积：

A.10 平方米以下 B.10 到 50 平方米 C.50 以上

5. 你对居住环境不满意的地方表现在：

A. 卫生条件差 B. 不方便 C. 居住的人太拥挤 D. 房子隔音效果太差 E. 房租太贵 F. 离工作单位太远 G. 其他

6. 各项支出所占比例是：

A. 房租 __ B. 交通 __ C. 餐饮 __ D. 通信 __ E. 衣饰 __ F. 娱乐 __ G. 储蓄 __ H. 其他 __

7. 你的消遣方式为：

A. 酒吧、咖啡厅之类 B. 去游乐场 C. 出去旅游 D. 通过在家

上网来消遣时间 E. 在家睡觉 F. 其他

8. 你的消费观是：

A. 我是月光族 B. 能省就省 C. 该花就花

9. 如果你没房，有买房的打算吗？

A. 不打算，觉得自己买不起 B. 有这个计划 D. 不打算在大城市买，准备以后回家发展

四、你的感情状况

1. 你的感情状况是：

A. 已婚 B. 单身 C. 有恋人

2. 如果还未婚，你是否有结婚的打算：

A. 等几年后就结婚 B. 马上就要结婚了 C. 暂时没结婚打算，前景感到迷茫

五、你对"虾米青年"的关注

1. 你认为产生"虾米青年"的原因是：

A. 人口向城市的大量转移 B. 大学生片面的就业观 C. 大学盲目扩招，就业结构不合理 D. 住房保障体系不够全面 E. 房价过高，超过平常人的支付能力 F. 小城市缺乏公平的竞争环境

2. 你希望整个社会应该怎样关注"虾米青年"：

A. 应该给"虾米青年"平等的工作机会 B. 改善"虾米青年"的住房条件 C. 在户籍问题上不要设置太多门槛 D. 提高"虾米青年"的各种保障 E. 加强对"虾米青年"的职业培训 F. 社会大众应该对"虾米青年"多些理解和关爱

第二章

不要让"面子"成为负担

也许你会问，大城市这么难混，"虾米青年"为何不回家呢？

这句话问到了他们的心坎上，他们何尝不想回家，只是自己在大城市上了这么多年的学，已经成了乡邻眼中的"金凤凰"，或是在大城市打拼了很多年，从心里已经把自己当成了城里人，就像《蜗居》中的海萍一样，再苦也要做个"上海人"。究其原因，除了小地方没发展空间外，就是"面子"和尊严让他们不舍得离开。为了"大学生"和"城里人"这个身份，他们甘愿忍受最艰苦的条件，有的甚至在过年时都不敢回家，成了"恐归族"。其实，"面子"只是人的身外之物，我们可以适当维护，但不为了"面子"活受罪，要坦然面对它。

另外，"虾米青年"虽然过得苦些，但一定要有尊严地活着，必须让周围的人看得起你。因此，你不要抱怨，也不能嫉妒那些比你过得好的人，更不要觉得自己很可怜。

"大学生"这个身份是负担

有个女孩在日记中写道:

我一直都是爸爸妈妈眼中的好女儿,老师眼中的好学生,同学眼中的优等生……因此,在小时候,父母给我制定的人生目标就是:好好学习,每次考试都要力争进入前三名,一定要考上大学。

在他们眼中,大学生这个身份是十分神圣的,他们认为一个孩子只有考上名牌大学,以后才可以享受"荣华富贵"。我的父母没有上过大学,但很多亲戚都是大学生,如今他们很多都在机关单位上班,让父母很羡慕,所以父母把希望都寄托在我身上了。为了让我考大学,他们对我要求十分严格,可以说我整个童年和少女时代都是在学习中度过的。

我并没有辜负他们的期望,从小学到大学都是优等生,一路可谓顺风顺水。可毕业后我才发现现实是这么的残酷,工作很不好找,不会因为我是优等生就有好工作,我能找到的也是那些只有底薪的工作,很多公司甚至拒绝我这样的应届毕业生，他们的理由是能力和经验比学历更重要。

其中有一次去应聘，我以为自己堂堂一个本科生薪水不会太低，可对方开出 2000 元的工资，这让我有些哭笑不得，我想一个没上过大学的电子厂工人，一个工地上干苦力的农民工，一个打扫卫生的保洁员起码也得 2500 元的薪水，这么低的薪水明显是看不起大学生嘛！于是，他当场拒绝了那个老板，并愤怒地摔门而去，那个老板冷冷地笑着，并甩了一句："本科生有什么了不起，在北京一抓一大把，不缺你一个大学生。"

我后来回家参加公务员考试，可就那么几个职位却有上千人来争抢。我没有任何背景，也没有好的条件，被无情地刷了下来。无奈，我就在县城的一个超市做临时工维持生计。周围的邻居见我没有考上公务员，会常常背后议论我说："上这么多年的大学有什么用，还不是要回家打工。"我受不了别人嘲笑的目光，一个人再次跑到了大城市。我找了几个月依然没有哪个公司愿意高薪聘请我，没收入的我只能"蜗居"在一个小小的地下室里，我不停地给各大公司发简历，我不想让这几年大学白上……

不只是这个女生，很多刚毕业的大学生都有这种心态和抱怨，他们带着饱满的热情走向了竞争残酷的社会，以为有一张大学文凭就能找到一份好工作。可是如今的时代变了，大学生已经不再是天之骄子，也无法再享受"铁饭碗"的待遇，如果你没有能力，你学历再高也没有人聘用你，你再抱怨也没人理会你。

在过去的年代里，中国的教育不发达，能够上大学的绝对是人才，而且国家包分配，可以说只要能进入大学，这个人的后辈子就不愁了，很少会出现找不到工作的情况。就算在国家取消分配制度后的 90 年代，大学生身份也是吃香的，只要有好文凭，你就是公司的抢手货，绝对比一个没上过大学的人混得好，因为那时大学未扩招，能够上大学的依然只是少数人。因此，整个社会对大学生这个身份给予了高度的尊重，很多人都羡慕大学生这个身份，把他们称为天之骄子，他们被各种光环包围着。

为此，很多家长把孩子能考上大学看成成才的唯一途径，为了实现这个目标，他们拼命地让孩子学习，让他们参加补习班，以孩子的成绩来评价一个孩子是否优秀，还经常在孩子面前说你看谁谁家的孩子考试都是前几名。因为在现有的教育体制下，你只有分数高，你才能考入好一点的大学。对于孩子是否有其他方面的能力他们并不关注，有时候还限制孩子爱好的发展，比如孩子爱看小说，父母就说看闲书；孩子喜欢音乐爱唱歌，父母就说孩子不务正业。在他们的意识里，孩子有好成绩才是好孩子，教育孩子必须以学习为中心，要想尽办法让孩子考上大学。

就大学生自己而言，他们也特别在乎自己的这个身份，觉得是个大学生就特别牛气，把文凭当人才的凭证，于是这个身份成为他们面子和尊严里的一部分。在这种心态下，总觉得自己比那些高中生强，研究生看不上本科生，本科生看不上专科生，专科生又看不起中专生。他们趾高气扬，小事不愿做，薪水低了瞧不上，显得特别矫情。曾有一位人事部经理叹息说："每次招聘员工，总会遇到这样的情形，即大学生与大专生、中专生相比，我们也认为大学生的素质一般比后者高。可是，有的大学生自以为是天之骄子，大事没经验做，小事也懒得做，还瞧不起别人。有时候安排他们做小事，他们会觉得委屈，埋怨你埋没了他这个人才，不肯放下架子干。"

其实，大学生这个身份不是你就业的通行证，有个文凭也未必就是人才，它可能会反而成为你成才就业的负担。如今中国的大学生"供大于求"，教育部的统计数据显示，2009 年全国普通高校毕业生 611 万人，2010 年，这个数字增长到 630 万，2013 年则达到了 700 万。

现在几乎每个人都可以上大学，大学生这个身份已经不在吃香，你在北京、上海这种地方，走在大街上随便问一个路人，10 个有 9 个是大学生。除了大学生，现在的留学生也多了。据了解，2012 年有 27 万留学生回国，而 2013 年海归人员比 2012 年增长近 50%。未来 5 年，中国将迎来回国人数比出国人数多的历史拐点。

如今大学生找个工作不如当年那么容易了，也没有哪个公司因为你学历高就特别重视你，因为公司可选择的人才很多，绝对不差你一个。而且适合大学生的岗位是有限的，僧多粥就少，甚至本科生抢研究生的饭碗，大专生抢本科生的饭碗，高中生抢大专生的饭碗，一个岗位会有很多人去争抢。这些年，招聘会越来越火爆。在人才市场，到处都是黑压压的人群，把小小的地方挤得水泄不通。往往一个职位能引得上百个人去争，为了能找一份工作，为了生存，大学生不得不放低姿态去就业。

在河南举办的某次人才交流大会上，首日就吸引了1.2万名大学生，当天进场求职大学生突破两万人次。那天，河南省人才交流中心门前已经排起了数百米的长龙，上万名大学生翘首以待，希望能找到一份好工作。

"招聘前台接待、收银员，要求：应届高校毕业生，大专以上学历。"招聘会大商集团郑州新玛特购物广场有限公司展台前，已经簇拥着大批的学生，桌子上1尺多厚的应聘简历很快就被抢完，不少大学生拿着简历或蹲或站正在填写。

一个公司的人事经理表示说："已经收到1000多份应聘简历。大商集团会在郑州再开几家大型超市，所以急需大量的前台接待、收银员及导购员。本来还担心招不够人，没想到吸引了这么多大学生来求职。"

就业形势这么严峻，如果你不好好珍惜工作的机会，别人就会和你抢饭碗，如果你端着这个架子不放，你就很难找到满意工作，说不定你也会和上面那些人一样去抢本来属于高中生、大专生的饭碗。你应该明白，薪水不重要，大学生的身份不重要，重要的是你有没有做事情的能力，这比学历更有含金量。现在很多公司再选拔人才都不把学历当作唯一的条件了，他们看中的是你有没有能力把这份工作完成好！比如，索尼公司董事长盛田昭夫，在总结自己的管理经验时，曾写过一本《让学历见鬼去吧》的书。书中明确提出要把索尼的人事档案全部烧毁，以便解除对员工学历的限制。在索尼公司万名员工中，科技人员有 3500 多人，有一部分学历并不高，但技术却很精湛。在他们公司里，员工们只比能力，不比学历，从而打造出一流的世界品牌。

因此，"虾米青年"大学生在走出校门时，别拿自己大学生的身份说事，不要觉得自己上了几年大学就很高贵，你要明白在工作面前无论什么学历都是平等的，连农民工你也不要小瞧，他们比你赚的钱多。你必须提高自己的能力、多积累经验才行，如此你才有向白领"蜕变"的可能。

另外，没了大学生身份这个负担，你就不会死死守在城市不离开，你就可以明智地选择到一些小城市去发展，不会怕别人看不起你，也不会觉得回家是件丢人的事情。而且，没有这个负担，你才能快快乐乐地生活和工作。

"恐归族"放下面子回家过年吧

因为收入低，因为在大城市混得不好，更因为大学生这顶帽子，使得很多"虾米青年"中的大学生不敢回家过年，这其中有"面子"的问题，更有现实的无奈。农历 2009 年末，互联网上《一个漂泊在外的应届毕业生写给农民工父亲的忏悔信》的帖子引起媒体的普遍关注，"虾米青年"大学生不敢回家过年的社会现象引发热议，"恐归族"这个词就诞生了。

这里我们摘录其中两段：

　　爸，我对不住你，我不该撒谎。上次妈在电话里问我多少钱一月，我随口就说了个三千二，其实我的工资只有一千，也不是在律师事务所，而是在一家公司打杂。后来妈妈告诉我，说你觉得我三千二的工资还是低了点，说你搞建筑一天都有一百多了，我这个本科生应该拿五六千。爸，我真对不住你，让你失望了，读了这么久的书，花了那么多学费还不如你搞建筑。爸，我会努力的。

　　前段时间你总问我过年回家不，我一直说不知道，得看，春节加班的话就不回来了。其实，爸，公司春节根本就不加班，我是实在不敢回来。爸，昨天你问我存了多少钱，我说存了有八千多。你有点不高兴，说工作都大半年了，三千二一个月，怎么也得存一万五，我没敢吱声。爸，我是真的不敢说，其实我现在卡里只有五百块不到，房租三百块过几天也要交了，桌上只有几袋方便面……

　　一篇感情真挚的帖子道出了"虾米青年"的辛酸和心声，在这里祝愿他今后能有一个好的收获，更希望他在2014能开开心心地回家过年。

　　事实上，很多"虾米青年"都害怕回家，因为囊中羞涩，因为大学生的"面子"。在一项"你为何不敢回老家过年"的网络调查中，有 43% 的人选择因"回家过年开支太大，承受不起"而不敢回老家过年。在这些受调查者中，有 80% 的比例是未婚男女，其中月收入在 5000 元以下的占 90%。在这一调查中，只有 10% 左右的受调查者的过年花费在 3000 元以下，有相当多的受调查者表示过一次年要花掉万元以上。

有一个"虾米青年"生活在一个大家庭里，每年过年回家，一大家族人都要大团圆，按照传统习俗，要给爷爷奶奶、外公外婆孝敬钱，给弟弟妹妹、侄儿侄女压岁钱，每人至少 100 元。这么多人，少了 4000 块肯定搞不定。但他总共也就六七千元，这节一过，自己就所剩无几了。所以他很恐惧回家。

另一个"虾米青年"也有同样的无奈，他为自己列了一个回家开支表：车费 3160 元，红包 3250 元，礼品 2300 元……这个男生来自农村，他大学毕业后留在广西南宁打拼，用他的话说，辛苦一年，好不容易才攒了 5 平方米的房子。可想不到的是，过年一回家，5 平方米不见了。回家一趟花掉了自己一年的心血，他心疼啊。

除了囊中羞涩，他们不愿回家还有一个更大的原因：怕丢脸，怕大家看到他在大城市寒酸的处境。人都是要面子的，"虾米青年"也一样。人们对大学生都带着一种偏见，就是你能在大城市工作，一定混得不错，但若让邻居知道你"蜗居"在城市的郊区，就会对你投来嘲笑的目光。所以有些"虾米青年"为了"面子"一个春节能花掉自己一年的积蓄，有的干脆就不回家。

一个网友在博客中这样写道："能够顺利毕业并且在京城找

到工作，在父母乡亲的眼中我是一名成功者。但作为'北漂'且生活窘迫的我来说，成功是那么的遥远。我害怕回到家里乡亲父老问我待遇多少、害怕他们问我现状，这不是因为虚荣，而是我背负着他们的期望，我不忍心看到他们失望的眼神。"

此外，他们还有怕父母逼婚等不愿回家的理由。其实，无论你有钱没钱，无论别人如何看你，你都应该回家看看，坦然面对家人和自己。

有钱没钱回家过年吧！那里有你年迈的父母，有你的兄弟姐妹。你长年奔波在外，父母日日夜夜的思念你、牵挂你，就盼望着你能在春节的时候回家看望他们一下。他们不期望你能带给他们多少东西，也不会嘲笑你混得不好，只要能看到你的身影，知道你还平平安安就是他们最大的满足。

一个网友说："我不想做一个'恐归族'，因为心里惦记家里的老人和兄弟姐妹，也想念家乡美食，更享受和老朋友们的聚会聊天。"另一个网友也说："我盼归，因为亲人们都年纪渐长，不去看望就是不孝。还有最疼我的大姑父，我也需赶回去见他最后一面，这些没有办法简单地用那些纸币来进行换算。"

当你放下沉重的心理包袱，不把"面子"当成负担的时候，你就可以安安心心的回家过年，坦然告诉家人你现在的处境，还没有赚到那么多的钱去孝敬他们。坦然对待自己的大学生身份，告诉乡邻现在就业形势严峻，不是每个大学生都可以有份高薪的工作，让他们看到一个正在吃苦努力的你。

"虾米青年"要把"面子"当作身外之物

"虾米青年"要想放下大学生这个身份负担，要想开开心心回家过年，就要把"面子"当成身外之物。"面子"只是人的一种虚荣感，人们要"面子"一方面是获得一种自我满足感，另一方面则是维持自己的脸面。一个人来到这个世界上，若为了"面子"而活，就等于为了别人而活。比如，假大款举行华丽的宴会，三流诗人在众人面前高声朗诵抄来的诗歌……他们的心态都已经被严重扭曲了。他们都在为别人而活，或许在别人眼里，他们很有成就，但他们自己心里却很清楚：自己还是一无所有，只是在打肿脸充胖子！

"面子"是最不值钱的，它并不能给你带来有意义的东西，靠"面子"维持的尊严最不值得尊重，靠"面子"赢得的赞赏最没有愉悦感，你得到的除了空虚就是痛苦，甚至是别人的嘲笑。既然"面子"是无意义的，为何不把它当成身外之物呢？是身外之物就不要把它看得那么重要，对你而言，这东西可有可无，坦然去看待它。穷就穷，落魄就落魄，不够成功就不够成功，清醒地认识到自己所处的状态，不要刻意伪装自己。

你更应该去做真实的自己，追求更多有意义的事情，只要你还在为明天的幸福吃苦奋斗着，只要你不曾放弃自己的梦想，只要放下一切的心理包袱开开心心地工作和生活，"面子"的烦恼就不会再来困扰你。但要做到这一点，并不是一句话的事情，你必须要有一颗平和的心才行，还要把一切身份、贪婪、名利都看淡，你只有舍得放弃这些东西，"面子"才会真正成为你的身外之物。

我们看这个例子：

杨哲毕业于名校，是一个令人羡慕的研究生，目前是一家公司的技术总监，薪水很高，有一个北京女朋友，还买了一辆车。但在成功的背后，他却有着不为人知的辛酸和努力，这个岗位不是靠学历得到的，而是靠自己的实力争取的。在这之前，他是一个年轻气盛的大学生，很在乎自己研究生的身份，把"面子"看得很重。

研究生毕业后，杨哲信心十足地寻找就业的机会，可找工作时总抱着非大企业不进、非管理层不干的想法，没有哪家公司原因录用他这么傲气的人，即便有人录用他也是那种薪水很低又不看重学历的小公司，他肯定瞧不上。

那段时间杨哲没有找到合适工作，在家里足足待了大半年。而他的很多博士同学都找到了工作，虽说他们的收入暂时还对不起博士这个身份，但有一份工作先干着，总比伸手向父母要钱要强。

有一次，某个同学来看他，就对杨哲说："你呀，也别整天想着自己是个博士，顾什么"面子"啊，那些东西都是身外之物，你要看淡它，就当自己是一个平凡人。你要一步步地来，谁能一下当经理啊！"

听了同学的话，杨哲开始反省自己，之后杨哲调整好了心态，索性收起自己的博士文凭，只拿出本科文凭，结果很快被一家科技公司聘用了，让他做一些简单的电脑操作，薪水不到2000元。当然由于是新人的缘故，经理也让他处理一些办公室杂活，并要求他协助其他同事共同完成一些项目，他心里多少有点不情愿，但他还是坚持了下来。时间长了，他就越来越觉得"面子"这东西是身外之物，不能拿着它当饭吃，也不能靠着它升职加薪。于是，他就任劳任怨地干着自己的工作，有什么任务总是抢着干。

半年下来，他的能力提高很快，得到了周围人的认可，这时大家还不知道他是个研究生。但是他研究生不是白念的，总有他的用武之地，有一次他在公司小结中发现了一些公司内部程序上的错误并大胆向经理提出。经理很赏识杨哲的才能，马上升了他的职，也给他涨了工资。不久后，经理发现他的程序设计和经营管理水平明显比公司其他管理人员和专业人员高出一筹，感到非常奇怪。此时，杨哲终于亮出了自己的博士底牌。经理先是一惊，真没有想到一个博士生竟然给自己工作，就决定重金聘用他，让杨哲帮助自己处理日常事务。

如果杨哲当初总拿着博士生的"面子"不放，他能有现在的成功吗？所以说，"面子"只是人的身外之物，是最不值钱的东西，它不会给你好工作，也不会让你多赚钱，相反太要"面子"你失去的将是很多的发展机会和工作机会。

当你把"面子"当成身外之物了，无论你是什么学历你都不会觉得这份工作是否会丢人，当你把"面子"当成身外之物了，你就不会天天为维持脸面而劳累伤神，当你把"面子"当成身外之物了，你不会为了"面子"活受罪，去做无力完成的事情。

做"虾米青年"不要觉得自己很可怜

有一个"虾米青年"这样写道：

我是一个毕业已经三年的大学生，到现在也只有 2000 元的薪水，在北京海淀区租了一个 300 元的床位。宿舍里住着 8 个人，有考研的，也有我这样已经参加工作的。宿舍里没有固定的成员，有时候今天搬走了一个，第二天又搬进一个新成员。大家都从事着不同的工作，虽然众人也在一起聊天或者吃饭，可彼此之间都有戒备之心，缺少大学宿舍里的情谊，总怕自己贵重物品被偷，也怕有人借了你的钱第二天就会搬走。

也许你们会问我为何不自己租一间房子呢？这个问题让我心里酸酸的，不是我不想租，而是我很寒酸，没有钱。在我公司附近，那些小区里的房子租金都上千元，即便与别人合租，少了 1000 元也不行。附近的地下室倒是很便宜，可那里面阴暗潮湿，一年四季都不见阳光，住久了对身体不好。刚毕业时我曾住过，结果得了皮肤病，就再也不敢去住了。郊区也有便宜的房子，但上下班太累，还经常迟到。在这种情况下，我只能"蜗居"在这与8个人分享的房间里。房间不仅拥挤，而且特别脏乱，几个男生都特别懒，没几个人愿意去打扫，可我受不了，想搬又找不到比这儿更便宜的地方。

有时候我真的觉得作为一个"虾米青年"很可怜，我家是农村的，在这个城市我只能靠自己生存，但一个只有大专文凭的我在这个人才济济的城市里，很难找到一个适合自己发展的空间。我换了很多份工作，换来换去薪水还是那么点，没有保险，也没有养老金，甚至公司还不给签劳动合同。

我不能像其他人一样在这座城市买一套属于自己的房子，也享受不了小资般的生活。我真的羡慕那些有钱人，那些白领，那些有着北京户口的当地人，他们都比我幸福，比我过得快乐。而我，除了那一张床位和一包行李，在这个城市几乎一无所有，经常被人瞧不起，也不敢谈恋爱，更没有资格对任何人"牛气"，只能小心翼翼地活着。

有些"虾米青年"坚强，但也有些"虾米青年"却喜欢抱怨，觉得自己活得很可怜。在学校里他们充满了激情，是一群有理想、有雄心壮志的年轻人，把未来的世界想象得十分美好。可当他们走出校园，踏入社会，才发现一切并不是他们想象的那么简单、容易。他们为自己一时找不到满意的工作，没有足够的消费能力，没有房子住等现状而自暴自弃，对自己和社会充满了悲观和失望的情绪。

这些人总是羡慕别人的生活，觉得别人比自己过得幸福，不喜欢"虾米青年"这种状态，可他们又没有能力去当白领，于是就认为自己特别可怜，在委屈和抱怨中度日，从不想着该如何通过努力向白领蜕变。

其实，一个刚步入社会的年轻人，如果不经历生活的磨砺，怎能成长，怎能变得成熟和坚强？更怎能成就大事？看看历史上的那些人，有谁一开始就能享受好的生活！不说远的，就说咱们的父辈，难道他们年轻时的生活环境比你好吗？即便有些人一毕业就比你混得好，那也只能说明人家有能力，你如果没有能力就没资格去抱怨别人。再者，你去抱怨别人比你过得好，有什么意义呢？抱怨只会让你不快乐，浪费你奋斗的时间。

央视名嘴白岩松这个当年的"虾米青年"曾说：我们的年轻人遇到了很多挑战，但无论是"虾米青年"还是"蜗居者"都应该明白，每一代年轻人都有每一代年轻人的挑战。

我们在上大学时，从1985年至1989年，流行一首诗《21岁，我们走出青春的沼泽地》。"沼泽地"意味着困惑。如果从挑战、困惑角度来说，每一代年轻人都无法说谁更苦。季羡林年轻时去德国留学，由于二战爆发，10年不能回国，未能再见母亲。那一代年轻人，大家都说："偌大的中国，摆不下一张安静的书桌。"每一代年轻人都这样，这是青春该有的东西，没什么可抱怨的。

的确，年轻人暂时的不如意很正常，这不是你人生的失败，没什么值得可怜的地方。你应该清醒地认识到自己还很年轻，能力和经验都不足，也没有社会阅历，找不到高薪的工作，没有钱买房都在情理之中。你没有必要和富人去比，如果有这种心理，你永远都不会感到幸福和满足。明白了这些，你就不会再去抱怨自己的生活，而应该通过自己的努力不断地学习，完善自己，让自己变得强大！只有这样的人，才能做大事，才能实现自己的梦想！我们看这个"虾米青年"的故事：

李某是一个刚毕业的大学生，她现在一家食品公司做文员工作，薪水不高，一个人在地下室租房子住。从毕业到现在半年多，为这份收入微薄的工作忙碌着，有时工作忙的话她还要加班，经常很晚才能回到家，弄得自己连洗衣服的时间都没有。她常常说："因为自己刚毕业，学历不高，也没多少经验，有一份工作有一个睡觉的地方已经不错了，人要懂得满足才能享受幸福。有时我会自我安慰公司人少，制度也不规范，公司里大事小事我都要抢着干，等我翅膀硬了就可以跳槽找份薪水高的工作。"

李某觉得自己只是一个处于奋斗期的年轻人，现在吃点苦很正常，不能嫌薪水低，有1000元的收入就过1000元的生活，有3000元的收入就过3000元的生活，等收入过万时就可以理直气壮地做个白领。但现在还做不了白领，只能学会接受生活的现实，享受低成本生活，而勤俭节约

的小日子照样能过得舒舒服服。她精心收拾了只有巴掌大
的临时居所，快乐地打扮自己，积极努力地工作，在脚踏
实地积攒能量。所以，她说："不需要同情，也不抱怨，
我很快乐。"

"虾米青年"是坚强的，是有韧性的，你应该多想想生活好
的一面，对自己的未来充满希望，不要把眼睛只盯在暂时的困境
上。抱怨不是改变现状的方法，你应该像故事中的李某一样接受
这种现状，在吃苦中憧憬美好的未来，更重要的是在这个过程锻
炼自己。

第三章

风雨中抱紧自由

我们都曾有自己的梦想，当我们真正踏入社会，真正依靠自己去独立生活的时候，一切的现实都扑面而来。社会竞争太残酷了，工作不好找，找到了薪水也少得可怜；房价高得离谱，离谱到我们都不知道几辈子能买得起它，为了留在大城市落魄着……

"虾米青年"们应该明白，现实是容不得幻想的，梦想很多时候只是人们心中一个美好的愿景，有些还是不切实际的，当你走入社会，应该去接受实实在在的生活，不要做梦，不要仅仅为了梦想活着，在你追求梦想的过程中，让自己有尊严地活下来才是重要的。

但重视现实并不意味着放弃自己的梦想，没人会否认它的重要性，梦想是支撑人们奋斗的精神动力，如果一个人只为生活而生活，没有自己的追求和目标，这个人就是平庸的。

走出"象牙塔"，去接受生活的现实

玲玲从苏州某学院毕业后，便去了上海发展。她是一个爱美的女生，也十分憧憬小资生活，因为在那个所谓的贵族学院呆久了，就被那些富家子弟的生活方式所感染，对生活品质的要求很高。她梦想着自己毕业后住在一套大房里，房间干净漂亮，还能抬头看到外边的风景；可以和男朋友悠然地坐在咖啡厅里享受快乐的时光，可以到娱乐场所尽情玩闹；还可以在周末的时候到处游玩……这样的生活她在大学也经历过，但毕竟是拿父母的钱挥霍，很不过瘾，于是，她想用自己赚来的钱去享受这样的生活。

然而等玲玲来上海后，却发现梦想与现实是有距离的，那些电视剧里描绘的场景都是骗人的，并不是每个生活在上海的人都可以享受这那种时尚和小资的生活，也不是每个大学生毕业生都可以成为光鲜亮丽的白领。

在上海，玲玲没有立刻成为一名白领，而是成为了薪水不足2500元的"虾米青年"，她不是富二代，也没有富男友，这么点薪水她只能"蜗居"在郊区。玲玲现在供职在一家私营的传媒公司，这个公司看上去很大，可她只能做一个普通的文员，而且还是一个随时可以被替换掉的职位，没一点技术含量。

残酷的生活现实把玲玲的幻想撕得粉碎。她如今一分钱都不敢乱花，每月要承受对她来说十分高昂的消费成本，房租加水电每月500元，电话费和上网费一般100元，公交卡100元，吃饭每月300元，化妆品又得很多钱。偶尔请朋友吃个饭三五十元，如果再添件衣服，几乎不剩钱……

曾经，"象牙塔"是大家对高校略带敬畏的一个称呼，体现着对学术、教育金字塔尖的尊敬和仰视；而如今，在高校扩招、就业压力增大的背景下，"象牙塔"几乎成为大学毕业生无法适应社会生活的贬义词。

大学是一个半封闭的空间，它里面是个小社会，但绝对不是真是的社会。这个相对封闭的环境使得大学生远离真实的社会生活。再者，很多大学生是拿着父母的钱生活在学校和社会之间，他们没有压力，没有负担，没有经受过生活的考验。有些人还拿着父母的血汗钱胡乱消费，错误以为赚钱是件很容易的事情。

而且，很多大学生接触社会少，他们对社会生活的认识很理想化，甚至片面化，认识不到生活的残酷现实。很多事情都是他们的主观想象，甚至为自己编织美丽的未来。就像故事中的那个玲玲，总觉得走出校门后就可以轻松做个白领，有了工资后就可以住上宽敞明亮的大房子……但一切都不是那么简单的，走出校门就是现实的生活。

就生存而言，走出社会后一切都要靠自己，这个时候你就不能再靠父母来养你。在社会上没人会像父母那样给你钱花，让你有好的居住环境，能够体谅你宽容你。生活中所有的东西都必须靠自己的努力去获得，不努力只能饿肚子，不努力只能在郊区"蜗居"，不努力只能一辈子做"虾米青年"。

就工作而言，毕业后必须有份工作才有生存的保障，但工作不是说有就有的，你必须用心去找才能获得好的发展机会。首先，如果不是特别优秀的人才，你必须主动去找工作，通过向对方展示自己的优势去争取。其次，不要觉得找工作是件很容易的事情，现在就业形势严峻，一个好岗位会有很多人去争抢，被人拒绝、薪水低都是很正常的。即便找不到也不能灰心，只要努力肯定会有希望。

就爱情而言，走入社会后爱情便多了很多现实因素。这个时候女人爱一个男人，看重的不再是纯真的感情和外表。如果你只是个穷小子，整天无所事事的混日子，没有工作，不想奋斗，只懂得谈情说爱的话，无论你的山盟海誓叫得有多么响亮，无论你怎么去讨女孩的欢心，女孩都不会觉得这份感情有意义。她们宁愿和一个有潜力的"穷二代"吃苦奋斗，也不会跟着一个有点小钱却没什么大本事的男人混日子。

对婚姻而言，它需要点物质基础，没有谁做梦都想嫁给一个穷男人。因为每个女孩心中都有个富贵梦，她们希望自己能够嫁得好一些，能过上衣食无忧的生活。对于女孩的父母来说，他们也希望自己的女儿找个家境好点的女婿。有点物质基础的男人起码要有一个好工作，有稳定的收入，有房有车就更完美了。如今，很多女孩选择老公，会先问他收入多少，是否有自己的房子，这虽然是不好的现象，却是男人无法回避的问题。

以上这些都是"虾米青年"，特别是"虾米男青年"在走上社会后必须面对的现实问题。很多学生从大学这个象牙塔里走出来的时候会很不适应，尤其在沦为"虾米青年"的时候更无法适应。他们接受不了残酷的社会现实，还有些人走向社会后依然幻想着"衣来伸手饭来张口"的小皇帝生活。当他们完美的幻想都破灭后，当他们经历一次次的打击后，他们开始接受现实生活，坦然面对"虾米青年"的苦日子，并通过努力改变这种现状。

任振华这个曾经的富二代却因为家庭的缘故成为了"虾米青年"，可他过惯了养尊处优的日子，残酷的生活现实让他有些不适应。而且这些天女朋友雯雯闹分手，女朋友说如果再找不到稳定的好工作，再不搬离"蜗居"的地下室的话，她就选择分手，去找一个有潜力的人做男朋友……

雯雯是任振华在大学认识的女朋友，那时任振华的家境不错，为了把美女追到手，他天天和雯雯花前月下。周末时，常常会陪着雯雯逛街买衣服、买零食、买各种她喜欢的东西，还会去咖啡厅、酒吧之类的地方满足雯雯的生活情调。

任振华父母是做生意的，家里原本很有钱，为了让孩子在大学里过得舒服，每月会寄给儿子5000元做生活费，有时甚至更多。任振华从来没有想过自己的未来，他觉得父母有钱，以后只会有过不完的好日子，另外他还觉得找份工作是件很容易的事情，只要亮出自己的本科文凭，就可以找到一份体面的工作干。因此，他把未来想象得很美好。

大学毕业后，他和女友留在了这个城市发展。在找工作前，两人就在某小区租了一套一居室的房子住。但没有真才实学，也没有特长和工作经验的任振华，在求职过程中连连碰壁，找了半年也没有哪个公司愿意聘用他，即便有也是那些薪水待遇很低的销售行业。

雯雯看到男朋友找不到工作，有了很多埋怨，她觉得走入社会后就不能像在学校里那样过日子，生活如此现实不努力是不行的。但任振华依然不把工作的事情放在心上，也不知道生活的现实为何物，没钱就会向父母要点。

不幸的是，这一年父母的工厂倒闭了，还欠了银行很多钱。在这种情况下任振华必须靠自己的能力去养活自己，生活的现实扑面而来。为了省钱，任振华和雯雯很不情愿地搬离了小区，住进了"虾米青年"聚集地——城乡结合部。房租便宜了，可居住条件却差多了，里面只有一张床和一张桌子，巨大的落差感让雯雯很不适应，任振华便安慰她说："等我找了工作，一定会在这座城市买套房子让你住。"

父母生意的失败、生活的压力、女朋友的抱怨让任振华不得不面对生活中的现实问题，他不再天真不再混日子，可他再认真也找不到满意的工作，最后只找到了一个产品销售的活儿。薪水很低，而且不稳定，有时交房租都会成问题。这时，雯雯快成怨妇了，她是一个很现实的女孩，不希望把自己"蜗居"在一间地下室里，如果让父母和同事知道的话，她的脸该往哪搁啊。雯雯开始抱怨任振华没有认真对待生活，不够努力，还不如自己的收入高等等，于是就出现了文章开头介绍的那一幕，雯雯吵着要和任振华分手。

生活是现实的，不努力就没好生活，没钱就难以拴住女朋友的心。为了让日子过得好些，任振华开始利用晚上的时间一边提高知识水平，一边找些兼职赚点钱，他希望用自己的行动去改变生活的现状，更重要的是成为雯雯眼中的"潜力股"男人。

生活的现实是大学生和"虾米青年"都必须去面对的问题。

为了避免出现任振华那样的窘迫，在学校里，你不要把未来想得那么简单，应该多了解现实生活是什么样子的，要有危机意识。另外，在大学时期还应该树立"未来生活靠自己"、"提高知识和能力去迎接未来生活挑战"的思想观念。如此，你走入社会后才能很快的去适应现实的生活。

毕业后如果你成为"虾米青年"，面对不如意的生活时，一方面你不能抱怨，不能有种梦想破碎般的失落感，你要学会接受这种现实，并正视这些现实。另一方就是好好努力，通过行动去改变自己现在的处境。

"虾米青年"不要仅仅为梦想而活着

每个人在幼年和学生时代都曾有自己的梦想。小时候我们梦想着当科学家，当工程师，当医生，那时的梦想带着孩子般的天真，不会考虑这个梦想是否能实现。十几岁时，我们也有自己的梦想，立志要当畅销书作家，当叱咤风云的企业家，当大力推行改革的政治家，这时的梦想带着无限的激情，梦想也成了青少年发奋学习的动力。

长大后，我们同样有梦想，只是梦想中多了很多现实的因素，让我们突然发现梦想这东西很重要，可生活的现实也不能忽视。一个人如果为了梦想而忽视现实的生活，不但梦想难以实现，生活也会成问题。有这样烦恼的"虾米青年"很多，他们为了梦想"蜗居"在拥挤的大城市里，可生活的现实让他们饿肚子，忍受较差的生活环境。比如这个"虾米青年"：

陈林大学毕业没有选择回家发展，为了自己当设计师的梦想留在了这座城市，刚刚毕业又无依无靠的他只能做一个"虾米青年"。他和几个同事挤在一间 8 平方米的房子里，两张床睡了 4 个人，条件很苦，但陈平却很有激情，整天憧憬着自己设计师的梦。

可现实是残酷的，他根本没有机会当设计师，何况他现在还没有这个能力。他不能拿梦想吃饭，他必须去面对现实，去解决自己的生存问题，因为没有工作他就没有饭吃，就没有钱交房租。然而他毕业不到半年竟然换了三份工作，每一份工作时间都没有超过两个月，他的理由是没有激情，和自己的梦想不沾边，他想为梦想而工作。

一个大学同学见陈林没有正式的工作，就介绍他到了自己的公司做了一名推销员，还帮助他买了一辆自行车，让他拿着公司的产品上门推销。可两个月下来陈林没有拉到一笔业务，除了经验问题，就是他的态度不够认真，总觉得自己是个了不起的人物，公司见他这样就把他辞退了。

工作不稳定让陈林经常饿肚子，一分钱都不敢乱花，但他始终觉得自己是与众不同的，他有梦想，他贫穷却高尚着，依旧做着自己设计师的美梦。不过周围很多同学都劝陈林还是现实点吧，肚子都吃不饱还谈什么梦想，让自己生存下来是最关键的。

有梦想是件好事，有梦想才能成就大事业，但梦想毕竟是梦想，为了梦想而忽视现实生活是不可取的。如果陈林一直这样为梦想"执着"下去，他的梦想不仅实现不了，最后也会被大城市所抛弃。

那些在大城市里正为梦想而奔波的"虾米青年"们应该明白，一个人不能仅仅为了梦想而活着，除了梦想你还有很多事情要做。梦想不能拿来当饭吃，你活在这个世界上首先要解决的就是自己的温饱问题，正如陈林的同学所说，"肚子都吃不饱，还谈什么梦想"！这样的观点可能有点俗气，可生活就是这样，你只有生存下来才能一步步地去实现梦想，梦想不是空中楼阁，它建立在现实的基础上。

再说，一个人活在这个世界上还背负着很多的责任和义务，比如赡养父母、照顾家庭、抚养孩子等，这些都是一个人无法逃避的责任。如果一个为了自己的梦想而让自己的父母和家人跟着你受冻挨饿，就是你不负责任的表现，也说明你是十分自私的人。一个有责任感的男人或女人在坚持梦想的同时，还要为家人的幸福努力。

而且，很多梦想只是人们对未来的一种美好愿望，离我们现实的生活太遥远，有些梦想是我们根本实现不了的，不是你坚持到底就能够有希望，也不是只有坚持梦想的人才是最优秀的。能够实现梦想的只是少数人，绝大多数的人还是要回归普通人的生活，你需要明白，为梦想奋斗是幸福的，单位生存而奋斗则是必须的。

因此，梦想很丰满，现实很骨感。是不可逃避的。柴、米、油、盐样样都不可少，没有好工作就没好生活，没房子就没自己的独立空间，没足够的资本，你就无法让孩子接受好的教育，无法给父母买好点的礼品……

在生活中，很多人为了现实的生活不得不把梦想埋藏在心底，他们必须为自己的生计而奔波。在电视剧《蜗居》中，海萍每天的生活都是围绕房子和生计团团转，难道除了现实的生活，她就没有自己的梦想吗？其实她也有梦想，但她明白梦想不是拿来过日子的，她曾经说：每天晚上，我坐在窗前，看着窗外的灯光我就会在想，这城市多奇妙。有多少人，就有多少种生活，别人的生活我不知道，而我呢，每天一睁开眼，就有一连串数字……

　　有些"虾米青年"曾经把梦想看得很重要，当他们经历现实生活的洗礼后，他们不得不为生计而奔波，但这不代表他们放弃了自己的梦想，他们一边改善自己的生存条件，一边为自己的梦想默默坚持着。我们看这个故事：

　　贾雯是江苏无锡人，家境还不错，在大学里学得是国际贸易，毕业后通过关系成为某某单位的公务员，可以说有了一个令人羡慕的"铁饭碗"。可她并不喜欢这份工作，受不了那些人的勾心斗角，也不喜欢伪装自己去讨好一个个领导，一句话：这份工作没意思也没激情。她是一个爱好文学的女生，在小学时就立志要当作家，长大后特别羡慕安妮宝贝，盼望着像她一样在一座大房子里默默写作，做个"宅女"，郁闷的时候就去不同的城市旅游。

　　贾雯在单位工作了半年，越来越厌烦做公务员，和同事关系一直很僵，还经常不给领导面子，在单位里是个我行我素的女孩子。一次，她没有把自己的工作完成好，就被一个早就看不惯他的领导大骂一通。贾雯也不甘示弱，与那个领导大吵起来，领导相当没面子，气得拍桌子说："没大没小，太不像话了。"

　　贾雯本来就不喜欢这份工作，就心血来潮地说："我不干了，我要辞职！"她的决定遭到了家人的强烈反对，可她依然选择辞职。她要走安妮宝贝的路线，辞职在家写作，她要为自己的梦想而奋斗。

其实，在这座城市贾雯有一个男朋友，但他在一个私企工作，薪水不是很高，也不太稳定。他们当时租了一套很大的房子，租金每月千元，起初，每月千元的房贷和日常开支，两个人用自己的工资还能应付。当贾雯把自己辞职的想法告诉男友后，男友也表示反对，说不现实，写了未必能出版。贾雯却不肯放弃自己的梦想，觉得一个人为梦想活着才有意思，还为了梦想和尊严与男朋友大吵了一架。男朋友无奈，只好看着女朋友办理离职手续。

离职后，贾雯成为了一个"宅女"，窝在家里写自己的小说，写了几个月后，终于完稿了，等她把样稿寄给出版社，等了好久也没人回复她。后来，一个北京顺义的文化公司联系她，说只要拿两万元钱，就帮她出书，而且给10%的版税，首印10万册。贾雯信以为真，就把全稿以及自己仅有的两万积蓄给了对方。可她把钱交给对方后，那人就不见踪影了，后来才知道那家伙是个骗子。

她之后又把作品投给出版社，对方的答复都差不多，因为无法判断小说的市场，都纷纷拒绝了。她后来听一个圈内人说，出版社一般不会给非名人出小说的，这年头不是谁写得好就能出书。而且在中国写小说比看小说的都多，大众不缺小说看，很多小说卖不了几本是正常的，在这种情况下出版社不愿意掏钱为作者出版小说。

贾雯呆在家中一年时间没有收入，还被人骗了两万块，恰恰在这个时候男朋友也失业了。贾雯很无奈，一边是自己所追求的梦想，一边是沉重的生活压力，她真的不知道该如何选择。没有收入的他们只能靠父母的支助来维持生活，但这不是长久的办法。为了节省开支，两人成为了"虾米青年"，在郊区租了一间带卫生间和厨房的农民自建房，每月 450 元。

男朋友重新找了一份工作，他虽然没有说必须让贾雯放弃文学梦想找份工作，贾雯自己也不好意思再写小说当"宅女"了。她终于明白了一个人不能仅仅为了梦想而活着，现实的生活摆在她的面前，她不想做一个"虾米青年"，也不想看着男朋友一个人在外边打拼，于是，她重新走上了求职的道路。

贾雯很快就找到一份金融方面的工作，薪水待遇还不错。一年后，他们又搬回市区租了一套房子住，还准备着买房。忙碌的生活的现实让贾雯暂时搁浅了自己的梦想，但这并不代表她放弃了梦想，而是把文学当成一种爱好。空闲的时候，她依然会写写自己的文章，发表不了的话，她就把文章放在自己的博客上。时间长了，她还有了自己的粉丝。她很满足，也很快乐，这个梦想未必会变成现实，但只要它存在于自己的心中就足够了。

正如贾雯说的那样，每个人都有自己的梦想，但并不是每个人都必须把这个梦想变成现实，只要理想还存在于你的心中，你就能获得快乐。而且梦想这种东西也不是必须在某个时期就去实现，只要你的生命还在，你就有机会去实现。总之，一个人不能只为梦想而活着，要重视生活的现实因素，合理处理梦想与现实间的关系。

学会放弃那些不切实际的空想

有些人的梦想根本就没有实现的可能性，他们的梦想都是不切实际的空想，这个世界不是你想得到什么就能得到什么，也不是有志气、有激情、敢吃苦就能把自己的目标变成现实，梦想的实现要从实际出发，还必须遵循客观规律。

的确，很多"虾米青年"的梦想都太理想化，或者他的梦想根本就不适合自己，只是自己一厢情愿的喜欢罢了。比如，一个人想当政治家，妄想依靠个人的魄力去改变世界，这宏伟的梦想不是每个人都能做到的，所以很不实际。比如，一个人想当科学家，可是他对数理化一窍不通，这样的梦想就是空想，根本就不适合他。

如果坚持一个不切实际的梦想不放手，那就是固执和不理智的表现。我们常说：锲而不舍，金石可镂。但坚持的前提是梦想的选择是正确的，是有把握去实现的，如果没有实现的可能你还傻傻的坚持，这只会白白浪费你的精力和时间。因此，对于那些不切实际的梦想和目标要学会放弃。

诺贝尔奖获得者杨振宁就是敢于放弃的人。1943 年，杨振宁远赴美国留学，受"物理学的本质是一门实验科学，没有科学实验，就没有科学理论"观念的影响，他发誓要搞一篇实验物理论文。于是，他在教授安排的下，跟着有"美国氢弹之父"之誉的泰勒博士做理论研究。在实验室工作的近 20 个月中，杨振宁成为大家开玩笑的对象："凡是有爆炸（出事故）的地方，就一定有杨振宁！"

面对自己的失误，杨振宁开始反思自己的选择！在泰勒博士的引导下，杨振宁经过激烈的思想斗争，果断放弃了写实验论文的打算，毅然把主攻方向调整到理论物理研究上，从而踏上了物理界一代杰出理论大师之路。假如他固执地坚持实验研究，那杨振宁也不会有今天的成就，也轮不到他用理论影响世界。

由此可见，一个成功者的秘诀是要善于随时审视自己的梦想和目标是否可以实现，并合理地调整目标，放弃无意义的固执，从而轻松地走向成功。诺贝尔奖得主莱纳斯·波林说："一个好的研究者应该知道哪些构想该发挥，哪些构想该丢弃，否则，会浪费很多时间在毫无用处的构想上。"

牛顿早年是"永动机"的狂想者，认为这个理论可以实现。在经历多次失败之后，他就不在固执了，决定放弃对永动机的研究，然后在力学中投入更大的精力。牛顿因摆脱了无意义的固执，才在其他方面获得了巨大的成功。

大科学家可以放弃无意义的目标，那么"虾米青年"为什么就不能放弃那些不切实际的梦想呢？有些"虾米青年"为了梦想奋斗在城市，但当你发现这个梦想无论怎么坚持都没可能实现时，就不要再固执了，大胆放弃才是理智的选择。

我们看这个"虾米青年"的故事：

他叫陈振，学的是法律专业，可他却对音乐很痴迷，曾在大一下半学期便组建了自己校园乐队，没想过要当一名律师。其实，这个学校是个贵族学院，在这里上学的人都很有钱，陈振也是。

大学要毕业时，同学们有的要出国，有的要继承家业，还有想自己创业的，他们有这个条件和资本，也有要继续考研的。而陈振却是个另类，他家虽然也很有钱，可他却不喜欢那样为金钱而奔波的日子，在他的心里只有艺术和理想，他说他一定要实现自己的梦想。

他想去"北漂"，那是他梦想的天堂。由于他的固执，爸爸断了他的经济来源，他只好在大街上卖唱了。后来，他真的去了北京，他去过很多唱片公司，但人家对他都不感兴趣。他也参加过很多的选秀比赛，比如梦想中国、快乐男生和加油好男儿之类的，可每次都没有什么成绩，还经常被毒舌评委骂得一无是处。

事实上，除了对音乐的激情和执着，陈振在唱歌方面只是业余水平，没有天赋也没有特点，然而却对自己很有自信，总觉得自己也可以成为下一个陈楚生。为了这个梦想，他依然坚持，他想到酒吧驻唱，经过一次次的自我推荐，有一个酒吧老板同意让他试试，可刚唱一首歌就被下面的人哄了下去。于是，他只能靠卖唱来维持。

没有收入的陈振经常会为交房租的事情发愁，有一次他实在没钱交房租了，就被房东无情的赶到了大街上。在北京混了几年，他还是过着吃了上顿没下顿的日子。家人和朋友都劝他放弃做歌星的美梦，太不实际了。

陈振自己也开始反思自己，他认识到自己不是唱歌的料，仅仅靠喜欢是不够的。他想如果为一个根本无法实现的梦想而盲目坚持，最后可能什么都得不到，还会使自己失去更多本应该属于自己的东西。既然这个坚持没有结果，为何还要坚持？于是，陈振就不再固执了，他理性地选择了放弃。

后来，陈振回到家乡，在父亲的资助下开了一个小店，由于经营的好，小店变成了大店，规模越来越大，陈振渐渐找到了奋斗的感觉。

由此可见，需要放弃理想时就一定要勇于放弃，放弃并不说明你没用，而是一种智慧，让你有机会去选择更适合自己的道路，把自己的能力和智慧用到实处。有时候梦想这东西会让人们迷失前进的方向，容易让人走弯路，甚至让人犯错误，因为你喜欢做的事情未必就是最适合你的事情。一旦你选择了一条你喜欢但完全不适合你的路，你就会失去另一条更适合你发展的道路。当你发现这条路无法走通时，就赶快回头吧！

不要丢了自己的梦想和追求

我们在前面几节中讲道，一个人不能只为梦想而活着，应放弃那些不切实际的空想，但也不要仅仅为了柴米油盐而活着，如果一个人没有梦想和追求，生命也没什么意义可言，会变得枯燥乏味。

在生活中，很多人过于现实，为了物质的生活把梦想丢在一边；有些人根本没有梦想，他们重复做着同样的事情，从来没有想过去改变自己；有些人在成功之后，变得极为堕落，他们忘掉了曾经的梦想，在享受中蹉跎岁月……

有些大学生成为"虾米青年"后，也丢掉了自己的梦想。可能还在学校的时候有满腔热血，说一定要实现自己的理想，可进入社会后，他们认为理想变得不值钱了，过着市井小民一样的生活，只为生计而奔波，只要哪份工作薪水高，他们就选择哪一个，对于当初的梦想和目标忘得一干二净。

然而，一个人是不能丢掉自己的梦想的，它是我们生命中最重要的东西。我们来到这个世界上，必须有所追求，有自己想要达到的目标。如果一个人没有这些,他们的人生就会很盲目，找不到自己前进的方向，更不知道人活着的意义是什么。在他临死的时候，他一定觉得自己的人生不够完美，带着遗憾离开这个世界。

梦想会使人变得高贵，同样，没有梦想会使人变得平庸。一个凡人和一个伟人最大的区别在于：前者没有什么追求，也没有什么宏伟的计划，平平静静的生活，对他们来说就是最大的快乐；后者就不一样了，他们不是为了温饱和享受生活而活着，他们有自己宏伟的想法和目标，并为这个目标的实现而不懈奋斗。所以，要避免成为一个平庸的人，让自己变得高贵，变得与众不同，就必须有自己的梦想。

梦想能够给人动力和支持，更是人们的精神寄托。生活中，人们总会遇到一些不如意的事情发生，比如失败、疾病、受气、委屈、失意和落魄等，面对这些处境和情绪，梦想能够让你在失败中重新鼓起勇气去奋斗，激励你不断前进。梦想也是种精神的寄托，有梦想，你不会觉得孤独和寂寞，在落魄的时候让你看到生活的希望。

对今天的"虾米青年"来说，梦想和追求同样不能丢弃，你时时刻刻都需要它的存在。也许你现在薪水低，生存环境也差，但只要梦想还在，你就要对未来充满信心，并把梦想当作一个知己，让它陪你走过人生最暗淡的时光。我们来看这个"虾米青年"的故事：

晓晓学的是新闻专业，在武汉上完大学后就来北京闯荡，想从事和媒体、图书等与文字有关的工作，梦想着做一名记者或者编辑。因为她喜欢文字，喜欢一个人静静地敲打键盘，把自己的想法和见闻变成可以阅读的文字。但满腔热情的她并没有立刻在京城崭露头角，在遍地都是人才的大都市，只有本科文凭的她显得是那么的渺小，渺小到没有人愿意重视她，给她一个实现梦想的机会。

她当初是和几个女同学一起来北京的，当时她拿着自己发表的作品和各类获奖证书，穿梭在各大招聘会之间，可是并没有多少效果。很多国有单位招聘的记者和编辑都有户口和学历限制，都要求有本地户口，即便没有户口限制，对学历的要求也很苛刻，几乎都要求硕士以上，而且青睐名牌大学的毕业生。究其原因，还是竞争的人太多，这些单位不愁找不到本科以上学历的人才，何况她是一个外地人。

后来，晓晓就放低了要求，她把目光投向了民营媒体公司。除了白天参加招聘会，她晚上在网上还不停的发电子简历，不过大部分都石沉大海，偶尔有人让她去面试，但面试的结果往往会使自己的信心受到打击。这些公司虽然不看重户口，也不把学历当作选择人才的唯一标准，但他们只要有经验的人，对于一个初出茅庐的大学生很少给机会。

在最初的几个月里，晓晓的心情很失落，她发现北京虽然是有梦想者聚集的地方，但并不是每个人都可以实现自己的梦想。她曾经想过离开北京去武汉，可她的梦在北京，她不想离开这里，她想坚持。

若留在北京就必须生存下来，为了解决温饱，晓晓暂时没有再找记者和编辑类的工作，在半年的时间里，她做过很多工作，比如文员、文案策划、电话业务员、销售等等，她没有对工作挑三拣四，能锻炼自己，学经验就行。

晓晓与几个同学一起合租一套一居室的房子，每人分摊租金500元，房子面积很小，几个人就挤在两张大床上。她们平常除了买衣服和化妆品，其他的消费并不多，想看电影就在电脑上看，想吃火锅就自己做，想旅游就去野外玩玩。虽然日子苦点，但她们心中都有自己的梦想，梦想是她们的精神寄托，给了她们前进的动力。

晓晓在北京做"虾米青年"的几年时间里，虽然做了很多与梦想无关的工作，但她却没有丢弃梦想，每天下班后，她就会用自己淘来的电脑写文章，看新闻，她的文章经常被杂志和网站采用。慢慢地，她开始从事一些和文字有关的工作，比如兼职校对，文化公司图书编辑，还独自编写了几本有署名的社科书籍，并做过网站的记者。但这些并不是理想中的职业，她一直想成为真正的记者和编辑，为了这个梦想她一直努力着。

没有几个人刚走入社会就能实现自己的梦想，你可能暂时做着和梦想毫不沾边的工作，没时间去完成你的梦想。但无论你选择什么，在做着什么，你的梦想都不能丢弃，你可以把它装进你的心中，默默地守护着它，等有一天条件具备了再把它变为现实。

"虾米男青年"不可缺少的生存能力

"虾米青年"形成的另一个重要原因是很多大学生缺乏生存能力，他们可能有着高学历，但未必有高能力。一些人除了一张大学文凭没有任何工作经验，没有技术，没有特长，动手能力差等，这样的人不受企业欢迎，即便他们得到一份很好的工作，也难以把工作做好，不是眼高手低，就是把事情做得一团糟。而且他们的依赖性很重，做事情没有主见，怕吃苦，情绪化，就像一个还没有长大的孩子，难以在激烈的竞争中生存下来。

究其原因，在于他们很多都是独生子女，曾经是父母掌上明珠，被大人们娇纵惯了，不会做家务，不会洗衣服，很多自己的事情都懒得去做。他们进入大学依然过着无忧无虑的生活，父母仿佛是他们的提款机和靠山，没钱就可以伸手向家里要，处理不了的事情就请大人来解决。在学校里，他们拿着父母的钱花前月下，吃喝玩乐，游山玩水，平常不是逃课睡觉就是躲在宿舍里玩游戏，把神圣的大学当成了游乐场和恋爱的天堂……

等有一天他们真的毕业了，离开父母到一个陌生的城市去打拼，去寻找自己的梦想，这时他们才接触到了实实在在的生活，但所有的现实都扑面而来。在这里一切都要靠自己。赚钱要靠自己，做饭、洗衣服、整理房间都要靠自己，他们突然发现自己根本无法适应社会，十分渴望再回到父母身边，多么渴望永远做一个长大不的孩子。

为了求得生存，他们匆忙加入了求职大军，白天参加招聘会，晚上不停地在网上发简历，可很少有人回复他们，去面试常常没说几句，对方就客气地说"你的情况我们已经了解，如果合适再通知你吧！"他们原以为对方要聘用自己，就兴高采烈回去等消息，可等了一个月也没有等到上班的通知。

他们就这样成了"虾米青年"，"蜗居"在城市的最底层，终于尝到了生活的艰辛，也明白没有生存能力的后果。有的薪水还不如一个农民工赚得多，地产大腕任志强说自己工地上的一个"大工"每月都有三千元的收入，而这些"虾米青年"却拿着不足两千元的薪水，生存能力不如一个只有初中文化的农民。这种没有生存能力的"虾米男青年"拿什么去养女人，如何能让女人住上漂亮的大房子？

生存能力是男人不可缺少的，这比追女孩的功夫，比偷菜玩游戏的功夫，比吃喝玩乐的功夫都难得多。什么才是生存能力呢？说白了，生存能力就是男人能不能适应社会，能否找到好工作，会不会赚钱的能力，或者是能不能让自己的女人和孩子过上好日子，能不能抵御生活中的各种磨难和考验的能力。

男人是女人的依靠，是家中的顶梁柱，还是家庭财富的创造者，在传统家庭中，只有男人有本事，会赚钱，这个家庭才能过上幸福的生活。如果一个男人没有什么本事，他的家境就会很贫穷，女人也必须跟着他过穷日子。

男人的身上背负着很大的责任，他是女人的依靠，所有这些都要求他具备生存的能力，而且只有他具备了生存能力，女人才愿意跟着他。从一个男人的视角去观察你会发现，一个成熟的女人在选择男朋友或丈夫的时候，除了要观察对方家庭条件、相貌、人品、性格，还会考察他是否有"钱途"（前途），良好的"钱途"需要有很好的生存能力和发展潜力，即便一个男人家境贫寒或者现在一无所有，只要他的生存能力很强，他就可以成为女人的"潜力股"，女人愿意把自己的一生"投资"给这样的男人。

而且，有生存能力的男人才有竞争力，才能在残酷的环境中坚强地存活下来，我们常说"物竞天择，适者生存"，没有实力只能被比下去，被无情的淘汰掉。这是社会的生存法则，没有实力很难享受公平的待遇，没有实力你的女人就很容易被抢走。

因此，"虾米男青年"提高自己的生存能力是十分重要的，这是生存的竞争，也是男人间的竞争，但能力的提高是一个漫长的过程，如果你还没有毕业，你在大学期间就应该学着提高。在日常学习之外，大学生还需要丰富自己的阅历，掌握更多的知识和经验，注意培养自己的表达能力、学习能力、合作能力、生活自理能力等综合能力。我们建议如下：

1. 多掌握一些生存技能

社会的发展日新月异，一份工作可能会有很多能力的要求，如果你在学校里只学习专业知识，没有其他方面的技能，对别的知识也很少涉及，那么你很难在激烈的竞争中生存下来，比如当个编辑，你除了有过硬的文字能力，你还必须会操作电脑，会使用排版软件，会平面设计等等很多技能。而且现在能找一份对口的工作很难，很多人毕业后都从事着与自己专业毫不相干的工作，在这种情况下多一种技能就多点机会。

2. 提高交际能力

无论进入大学还是走入社会，你都要和除家人以外的人进行交往，与室友、同学、老师都要友好相处，还要积极参加社团活动，不要去孤立自己。进入社会后，交际能力更重要，中国是一个人情的社会，不懂得如何与人交往和沟通，你就很难融入一个新的公司，也难以有效开展工作。只有朋友多了，你才可以大胆地走出去，从而体会生活的快乐，同时，你将更有信心追求梦想和事业。

3. 提高生活自理能力

你在上大学前大部分时间和精力都用在学习上，生活上的事情绝大多数由父母包办打理，有的家长甚至每天给孩子收拾床被、打洗脸水等。等到上大学后，生活环境有了很大的变化，你必须学会一个人独自生活，没人会为你洗衣服，也没有人为你叠被子，所有这些你都必须靠自己。有了生活自理能力，无论你到哪里，你都能把自己的生活打理的井井有条，而且成为"虾米青年"后，生活的自理能力更重要。因此，在大学里你要学会准时起床、运动，学会自己料理床铺，收拾房间，学会自己洗衣服，缝补衣服，学会自己照料自己……在学习的过程中，如果能够和同学进行交流就更好了，因为同学间的互相影响和互相学习能够在一定程度上促进生活自理能力的提高。

4. 加强团队合作能力

在现代社会，随着市场竞争的日益激烈，企业更加强调团队精神，建立群体共识，以达到更高的工作效率。美国自由党领袖大卫·史提尔也说："在一个团队中，团结合作，就有发展的可能，否则，就会故步自封，不能前进。通过团队合作，能提高员工在企业中的地位，因为员工参与决策的程度越来越高，对企业的责任感和归属感也越来越强。每个人都积极主动地参与团队工作，自觉地分担压力和困难，工作效率与效益才会大大提高。"可见，团队合作能力是一项很重要的生存能力，很多企业都在乎这些。因此，大学生在学校期间就应该加强团队能力的培养，比如多参加社团活动，班集体组织的活动也要经常去参与，而且通过合同你还能学到很多别人的经验。

5. 接受正规的职业培训

很多毕业生常像无头苍蝇一般，满大街找工作，不论什么工作都投简历，却不问问自己适合干什么，有没有能力去胜任。如果大学生能通过一些职业生涯发展的设计指导，就能够帮助他们迅速提高自己找工作的能力和适应工作的能力，使他们在职业竞争脱颖而出，而职业培训在大学期间就应该开展。

第四章

别着急，青春难免落魄

世界万物的发展变化都需要一个过程，从幼年到青年，从中年到老年，从春天到秋天，从冬天到夏天等等，这些自然界的变化都有自身的规律，人不可能从幼年直接到中年，季节也不会在春天过去后就是秋天。

同样的道理，人的成功也需要一个过程，"虾米"变白领更需要一个过程。没几个人能随随便便成功，你必须一步步地来。其实，这只是年轻人的一种生存状态，或是成功前必须经历的阶段，而不是一种身份。没谁愿意做一辈子"虾米青年"，谁都想往上走，但有些人却自暴自弃，给自己贴标签，怀疑自己的能力，这样的人是无法成功的。要把"虾米期"当成奔向白领的过渡期，你要有改变现状的"贪婪心"。

别给自己贴上"虾米青年"的标签

十年前,陈卫平是班里最自卑的一个男生,他的成绩一般,长相平凡,个子也矮,因此有很多人都看不起他,觉得这人不会有什么出息,永远都只能做一个平凡的小人物。高中毕业时,大家聚在一起预言二十年后的人生,他们都笑着说:"二十年后再相聚,陈卫平将是最失败的一个!"

时间转眼过去了二十年,大家都由少年到了中年,再次相聚,当年那些觉得自己能够成功的激情男生,现在都成为一个个爱抱怨的男人。原来,这个世界并不像他们想象的那么简单,他们在残酷的竞争中败下阵来,成了一个碌碌无为的小人物。但在这个班里,有一个人却获得了巨大的成功,他就是当年大家眼中那个最差的男生——陈卫平。

轮到陈卫平介绍自己时,他笑着对大家说:"目前,我拥有数家公司,总资产上亿元,远远超过当年走出校门时的梦想!如果要问我还有什么遗憾,我觉得遗憾的是我离真正的成功者还很遥远,我必须继续努力。是的,当年的我是个差生,很自卑,总觉得每个人都比我强,我当时对自己的人生也失去了希望……"

陈卫平看了看大家，接着说："但后来，我不再对自己悲观了。我不再相信命运，不再相信自己永远是个差生！我总是这样告诉自己：我能行，我有能力，我不能给自己贴上差生的标签，我是可以去改变的。于是，我开始不断地努力，慢慢地，我取得了一些成功。"

陈卫平停了停，意味深长地说："其实，每个人都能成功，只要你不把自己当作一个失败者，只要你有自信，一切皆有可能。如果你给自己贴上一个最差的标签，你的智慧和创造力就会受到束缚，你就会逆来顺受，这样你只能成为一个平凡人或是失败者。"

陈卫平说得很对，其实我们每一个人的生命和人生都处于不断的变化之中，富人可以变成穷人，穷人同样可以变成富人；美女可以变成丑女，丑小鸭也能变成白天鹅；好学生不努力就会变成差生，而差学生努力也能成为优等生。只要一个人有改变自己的勇气，他的人生就有可能产生奇迹，倘若一个人认定自己没希望，给自己贴上一个穷人、丑小鸭、差生的标签，那么你永远不会成为下个陈卫平。

穷人、丑小鸭、差生等人爱给自己贴标签，有些还未能走出蜗居的"虾米青年"也喜欢给自己贴标签，他们的标签就是认为自己这辈子只能做"虾米青年"，觉得凭自己的条件和能力只能这样过一辈子。他们缺乏对自己和未来的信心，也没有改变现状的勇气。

有这样心理的"虾米青年"有很多，但其实在"虾米青年"

里有两部分人，一部分是有梦想和追求的人，他们虽然过得很艰苦，但他们很有激情，对未来充满了信心，从来不相信自己这辈子就这样做"虾米青年"，他们渴望通过自己的奋斗去改变这种现状。另一部分人就是那些给自己贴标签的人。在这些"虾米青年"看来，他们"虾米青年"的命运已经定型了，像一个烙印在他们身上的符号，永远也摆脱不了。无论自己怎么去折腾，都不会成为白领，无论怎么努力，房子都买不起，觉得那样的生活太遥远，不会属于自己的。他们整日活在这样悲观的情绪里，对于残酷的环境逆来顺受，自己看不起自己，自己先放弃了自己，没有了梦想和激情，只为了生存而活着，只要有份工作、有口饭吃、有张床睡就满足了。

我们在开头讲过，每个人都可以发生改变，穷人可以变富人，同时"虾米青年"也可以蜕变成白领，甚至可以成为创业者，关键看你有没有勇气去改变自己。因此，不要在还没有成功的时候就给自己的未来定性，也不要在落魄的时候就说自己是失败者，你的明天还是未知数，你还有很长的路要走，今天你是"虾米青年"，说不定明天就是白领。

那么，该如何把"虾米青年"这个标签揭掉呢？建议如下：

1. 不要有"虾米青年"的自卑感

有的人觉得自己是个"虾米青年"就低人一等，什么地方都不如别人，面对成功者总是抬不起头来。其实做"虾米青年"并不是什么丢人的事情，很多人在年轻的时候都曾有过这样的经历，连曾被包装成"打工皇帝"的唐骏也说自己在日本做过"虾米青年"。你应该乐观地看待自己所处的环境，不自卑、不气馁、不抱怨。

2. 不要否定自己的价值

在你沦为"虾米青年"的时候，在你始终找不到满意工作的时候，也不要否定自己的价值，认为自己没有希望。这个时候，你仍然要告诉自己，"我能行，阳光就在风雨后。"你还要确立自己合适的目标，从小事上做起，一步一步地去干那些自己能干的事，让自己真实的能力和优势都发挥出来，在生活中去磨炼自己。

3. 学会欣赏自己

一个人既要看到自己的短处，也要看到自己的长处，学会自我欣赏，能客观地评价自己，而且，一个懂得欣赏自己的人，才会发现自己独有的价值。能否真正欣赏自我、肯定自己，如何塑造自我形象，如何把握自我发展，如何积极抉择，将在很大程度上影响或决定着一个人的前程和命运。要欣赏自己，就要自己给自己鼓掌，自己给自己加油，这样才能点燃你生命的奇迹，培养出像阿基米德"给我一个支点，我将撬动地球"的那种豪迈的自信来。

4. 走出"虾米青年"式的思维

在一个群体生活久了，就会形成这个群体的特定思维，比如农民工有农民工的思维，学生有学生的思维，公务员有公务员的思维，同样做"虾米青年"也有自己的思维模式。这些人思维会受到群体性的影响，世界观、人生观、做事情的方法，都有一种固定的习惯。这些思维模式有些是好的，但有些却是消极的，对"虾米青年"的成长和发展很不利。"虾米青年"不是你的标签，只是一种暂时的状态，当你思维永远被"虾米青年"这个身份束缚时，你就很难有新的发展，你必须跳出"虾米青年"的思维模式，大胆去想，大胆去干。

5. 发掘自己的潜力

在每一个人的身体里面，都隐藏着一种沉睡的潜能，这些潜能还没有被你发觉，一但被你唤醒，它就会爆发巨大的威力。这种潜能确实存在，大自然赐给每个人以巨大的潜能，上世纪20年代初，美国著名心理学家詹姆斯指出：一个普通的人只运用了其能力的10%，还有90%的潜能尚未被利用。后来，心理学研究发现：每个人只用了他能力的6%，还有94%的潜能未被利用。由于没有进行各种有效的训练，每个人的潜能并没有得到有效的发挥。它在你身体里静静地沉睡着，它需要你唤醒它，挖掘它，利用它。"虾米青年"也一样，只要你自己身上的潜能能够发挥出来，同样可以去创造别样的人生。

多点耐心，"虾米青年"只是过渡期

一个农民用拖拉机拉着一车西瓜往城里行驶，他希望能早点赶到卖个好价钱。由于从村里出来的路弯弯曲曲，他不知道何时才能上大路。于是，他就向路边的一位村民打听："这里离大路还有多远？"

村民回答说："慢慢走，不要急躁，你再过 10 分钟就能到大路了，但如果快速赶路，将会耗费你很多时间，甚至白赶路了。"

农民不以为然地说："这是什么道理？我非得赶快路！"

问完路，农民就加大油门往前赶。但还没走几米，车轮子就撞上了石头，一车的西瓜剧烈地摇晃起来。就这样，有的西瓜掉到地上，摔得惨不忍睹，而车速的冲击力太大，轮胎也被锋利的尖石划破。

农民愣在那里哭笑不得，西瓜赔本不算，还要修补轮胎。他在那里折腾了很久，总算可以开动了，可他却累得满头大汗，一点力气都没有了。农民疲惫地爬回驾驶席上，望着几个摔烂的西瓜发呆。这时，村民的话在他耳边响起。他这才醒悟过来，原来是急躁害了自己。在剩余的路途上，他多了些耐心，小心翼翼地开车慢行。很快他就到达了大路，只不过，那个时候，天已经黑了。

如果把农民所走的路比作人生，那段慢路就是他必须要经历的一个过程，如果图快去选择捷径，有时不仅难以按时到达终点，而且还很可能会得不偿失。对于今天的"虾米青年"而言又何尝不是呢？他们面对自己所处的状态一方面十分急躁，总想快速摆脱"虾米青年"的身份，妄想一步登天去获得成功，另一方面又十分悲观，给自己贴标签，觉得这辈子都成功不了。

其实，对这种状态"虾米青年"应用一种乐观的态度去看待，把它看成自己人生当中的一个过程，它是你奔向成功的一个过渡期。如果你能好好把握这个过渡期，你就可以在这里汲取养料，等待日后的成功。如果你没有把握好这个过渡期，过早冒险行动，或者过早退却，或者逆来顺受都不可能获得成功。

是的，没有几个人能够一帆风顺地走到成功的彼岸，在年轻时吃点苦，有些苦难的经历都很正常，关键你能否积极地去看待自己的这种状态。你在媒体和报纸上看到的那些成功人士，很多人都曾有过这样的经历，比如马云、俞敏洪、马化腾这些企业家，还有那些"北漂"的文艺青年，比如白岩松、王宝强、范冰冰等，他们都有过落魄或者做"虾米青年"的时候，不是一开始就那么成功，能够像李彦宏或者像超级女声、快乐男生那样能够在高起点去创业的企业家或者一炮而红的明星毕竟都是少数。

而且，那些成功的人都把曾经做"虾米青年"和吃苦的经历当成自己宝贵的人生财富，甚至年轻时最美的回忆，他们不觉得那是丢人的事情。可能他们也曾悲观和抱怨过，但他们最后都清醒地认识到这是自己通往成功的一个过渡期，是必须要经历的过程，所以他们是快乐的吃苦者和快乐的"虾米青年"。

今天"虾米青年"也是一样，你才刚毕业，你还很年轻，不是每个毕业生刚走入社会就有好的发展，没几个大学生不经过风雨就收获成功，那些在互联网一夜暴富的 80 后只是个别现象，那些很轻松当了白领的人也有着很好的条件。对于大多数"虾米青年"而言，低收入，住在郊区、地下室，没钱大把消费，没条件享受小资生活都特别正常。这不完全代表你能力差，也不说明你没了希望，它只是一个过渡期。

复旦大学彭希哲教授谈及"虾米青年"现象时认为："这是青年人走出校门，在城市中打拼的必经过程。上海如此，纽约、东京早就如此。这是生活过程中的正常现象，现在铺天盖地地谈论，其实是过分渲染了。"

另一个上海的官员也用自己的经历举例说："我在工作了 3 年后，成为了高考恢复后的第一届大学生，4 年本科 3 年研究生，28 岁走出校园时，一穷二白，和父母家人 5 口人挤在一间房子里住，难道现在的年轻人就不能暂时做'虾米青年'吗？"

著名经济学者张兆安表示，在北京、上海、广州这些大城市里，像他这个年龄层的基本都有过"蜗居"和"虾米青年"的经历，这是时代的烙印。现在的大学毕业生，尤其是在异地就业的大学毕业生，做"虾米青年"的经历是他们必须经历的过程，若想赤手空拳创造新生活，肯定要吃苦的。

总而言之，人生的道路是一个漫长的过程，不要奢望一下子就能获得成功，"虾米青年"也需要一个蜕变成"白领"的过渡期，这个过程也许很漫长，你得给自己时间或者给爱人时间。总之，你不能急躁，也不要因为暂时的落后而灰心、畏缩不前。你要相信终点就在前面，只要自己坚持走完这段路，就一定会看到最后的胜利。

不要只活在"虾米青年"的圈子里

约翰·亨利·法伯是法国自然科学家，他曾利用毛虫做过一个试验。这些毛虫有一个有趣的特点，就是喜欢盲目地跟着前面的毛虫走，所以它们又叫游行毛虫。

实验开始后，法伯把一个花瓶放在桌子上，然后很小心地让这些毛虫围着花瓶的边缘走成一个圆圈。花瓶的旁边则放了一些松针，这是毛虫喜爱的食物。没多久，这些毛虫开始绕着花瓶游行，他们一圈又一圈地走，一个小时又一个小时过去了，一天又一天过去了。一个礼拜后，这些毛虫一直围着花瓶团团转，最后，终于因饥饿与筋疲力尽而死去。

其实在不到 6 寸远的地方就有很丰富的食物在等着他们，而他们却在饥饿中死去，因为他们谁也不敢爬出自己所围成的那个圈子。它们习惯了跟着大家绕圈子，根本没想过到别的地方去，所以没有自己的思考和判断，遵循既定的方法与步骤，究其原因，就是因为"大家都那样做"。

毛虫有自己的圈子，我们人类也有自己的圈子，比如白领有白领的圈子，富人有富人的圈子，同样，"虾米青年"也有"虾米青年"的小圈子。古人云，物以类聚人以群分，他们是因为相同的职业、相同的爱好、共同的世界观、共同的地域背景、共同的家庭背景等等走到一起，寻找一种群体的认同感。

既然是圈子，它就是一个相对封闭的空间，有排外性，也有意识的局限性，缺乏自己独立的思考。在这个空间里生活久了，你的思维和做事情的方法都会受到圈子的影响，包括你的智力和创造力也会受到圈子的制约。可能有的人变得狭隘，有的人变得固执，还有的人变得不思进取，容易满足现状，不想了解外边多彩的世界。

这一点和上面那些喜欢围着圈子走的毛虫很相似。圈子里的人习惯了用同样的方法做事情，用同样的思维看待问题，用同样的态度去对待人生。在这种状态下，一些机会放在他们面前他们可能会错过，一些好玩的事情他们可能不会感兴趣，而且他们很自恋自足，不想从别人那里学习长处和经验。也有这样的"虾米青年"，他们喜欢在这个群体里生存，有着自己的尊严，不想和那些比自己过得好的人交往，对白领也不屑一顾。

但是，这个世界是丰富多彩的，如果一个人只活在自己的小天地里，他就会孤陋寡闻，就会失去更多学习的机会，这对一个人的发展是很不利的。你应该走出小圈子，去广泛接触更大的圈子，结识更多的人，了解更多的事情，从而积累自己的知识，开阔自己的见识。比如，作家不要只在作家的圈子里，应去接触各类人的生活，这样你的作品才有真实感；官员不要只在官场呆着，应来到百姓中间，这样才能了解人民的疾苦；艺术家也不能天天待在艺术圈里，多走多看才有创作的灵感。

对于异乡漂泊的"虾米青年"来说，你也要多接触广泛的圈子，融入这座竞争残酷的城市，你也可以认识一些本地人，认识一些白领，这样你才不会感到孤单，还可以从他们身上学到很多东西。在新西兰，一些留学生口中流传着这样一句话："念 4 年，英语没学好，广东话倒是学得很地道。"为什么呢？因为他们没有融入到外国人的圈子里去，而是天天和本国的人在一起，虽然没有忘记母语，但却没机会说外语。对一个留学生而言，当你的生活步入正轨时，每个人就应该尝试着走出固有的圈子，多交外国朋友。通过与外国朋友的见面聊天、谈心，会增加对这个国家的了解和提高口语表达能力。

不过，广泛接触不等于瞎接触，不要什么圈子都融入，也不要什么样的人都做朋友，你必须有所选择的接触。起码不要和坏人一起做事情，不要找一些酒肉朋友，也不要与那些不思进取的人整天混在一起，这叫做近墨者黑。你应该多接触一些比你优秀的人，比你能力强、见识广的人，比如白领，你的领导，以及那些有独特技能的人才。与高端人士为伍，望其项背，勇敢超越，这样你才可以跳出"虾米青年"的思维，提高你自己的境界，这就叫做近朱者赤。

一个企业家这样说："当你总是与最顶尖的人在一起时，你就越容易学到更多更好的成功法则和特质。成功者的成功要么给普通的人以莫大的成功动力，要么给他们以莫大的压力。成功者没有什么特别的地方，唯一的差别在于他们比普通人善于交流和学习，他们是在积累和不断创新中获得成功的。"

一个"虾米青年"大学生也说："周末和几个优秀成功的朋友在一起，收获还是蛮多的，可以说是'听君一席话，胜读十年书'。我意识到了彼此的差距，我要学习他们，要求自己上进。我相信我也会像他们一样的成功。作为刚毕业的学生，我们还有很多的能力需要提高，存在着很多的不足。而和比你成功的人或者在某个方面比自己优秀的人在一起，能够很快的提高自己，同时也给自己提供了一个积极学习，不断提高的环境。在这样一个环境中，你的进步无疑是很大的。"

那么，"虾米青年"该如何走出自己的小圈子，去接触更多的人，又该如何向优秀的人学习，去提高自己呢？建议如下：

1. 不要甘于平庸，提高自己的境界

也许你周围的人都是一些为了生存而生存的人，也许他们是一些不思进取的家伙，也许他们过于平庸。你可以与他们生活在一起，可以和他们成为好朋友，但不要像他们一样活着，你要比他们独特，应提高自己的各个方面的境界。比如积极进取，为梦想奋斗，喜欢和优秀的人交往等。一个人只有不甘于平庸，他才有可能获得成功。

2. 把嫉妒变成一种欣赏

要想告别"虾米青年"向白领蜕变，你就要比其他人有胸怀。首先别把"面子"当尊严，不能看到比自己成功的人就不屑一顾，也不能拒绝与他们交往或者把自己孤立起来，同时，也不要抱怨自己太差，更不能嫉妒别人太优秀。你应该坦然地去面对比自己优秀的人，学会欣赏他们，通过欣赏你才可以发现对方的长处，并分析自己的不足之处，如此才能帮助你进步。

3. 把优秀人物作为自己奋斗的榜样

小时候，父母和老师经常给我们介绍一些值得学习的榜样，比如助人为乐的雷锋叔叔，意志力坚强的张海迪，成绩总是考第一的三好学生等等。长大后，我们也应该有学习的榜样，你可以把那些比你成功的朋友或同事作为榜样，或是寻找自己公司或行业的某个成功人士，作为你职业追求的目标。尽力与他建立关系，请求指点，学习他的工作风格，不断追求卓越，并以成功要求自己，终有一天你也能够成为与他一样的成功人士。

"虾米青年"要有改变现状的雄心

富勒生活在一个大家庭里，他的父亲是个老实巴交的农民，没有什么特长，也没有勇气去干番大事业，因此他们家特别穷，有时候还得靠亲戚接济。富勒从6岁就开始帮着家人做事情，10岁时还学会了种庄稼，是一个很能干的小大人。

富勒有一位勤奋的母亲，她经常对儿子这样说："我们不应该这么穷，不要说贫穷是上帝的旨意，我们很穷，但那是因为你爸爸从未有过要改变贫穷的欲望。你要比父亲有野心有欲望才行，如果不敢改变现状，我们只能一直贫穷下去！"

母亲的话触动了富勒幼小的心灵，从那以后，他不再抱怨自己的出生，而是对未来的世界充满了挑战的欲望，他立志要改变自己贫穷的现状，不能再像父亲那样活着。长大后，他开始为自己的目标而努力，成为一个有雄心的男人。他开始做生意，从此走上了创业的道路，这条路是父亲从来都没有走过的路，充满了挑战和艰险，但想想母亲当年说的那句话，他的信心就大增，从来不在困难面前低头。

十年之后，富勒的生意越做越大，还陆续收购了7家公司，资产上亿元，成为名副其实的大富翁。当他谈及成功的秘诀时，他就告诉别人说："小时候，母亲告诉我：'你要比父亲有野心有欲望才行，如果不敢改变现状，我们只能这样贫穷下去！'她的这句话成就了今天的我，我感谢我的母亲。"富勒在多次激情的演讲中也都曾说道："一个穷人要想获得成功，必须让自己贪婪一些才行，有改变现状的欲望，而任何胆小怕事、安于现状的人都不可能获得成功。"

的确，一些穷男人之所以一辈子都贫穷，一些平凡的自卑者之所以什么大事都做不了，不是他们没有能力，而是因为他们没有改变现状的欲望和雄心。富勒和他父亲两个人截然不同的人生就说明了这个道理，父亲的贫穷是他过于安于现状，内心中从未想过改变，一点贪婪的欲望都没有，而儿子记住母亲的教导却成为了大富豪。

如今的一些年轻人也有着那个穷爸爸的思维，他们对现状逆来顺受，他们除了抱怨，就是嫉妒别人的生活，觉得社会对自己不公平。更要命的是，他们盲目给自己的人生下定义，觉得自己这辈子就这样，成不了大老板，也做不了白领。在这种心态下，他们缺乏改变现状的欲望和雄心，胆小固执，不思进取，为了保住饭碗小心翼翼的活着。

其实，我们平常经常说一个人不能太贪婪、欲望不能太强，这句话不是全对的，如果把这种观点放在物质的追求上是正确的，比如，如果商人不逃税，公务员不贪污，则国家一定富强。没有这种贪念的人才是好商人、好官员，所以古人有句话说：文官不贪财，武将不怕死，则天下太平，国富民乐。

但贪念和欲望若放在人生和事业的追求上就未必是错的，如果在这方面保持一副节欲、戒欲、与世无争的姿态至少不完全正确，因为一个对未来没雄心、没目标的人是无法获得成功的，人们因为不满足才会有追求的欲望。

一个有雄心的人，成功的欲望能激励着他不断进取，不断去创造财富。你的欲望有多么强烈，就能爆发出多大的力量；当你有足够强烈的欲望去改变自己命运的时候，所有的困难、挫折、阻挠都会为你让路。你完全可以挖掘生命中巨大的能量，激发成功的欲望，因为欲望即力量！当然，你的"贪婪"和"欲望"都要放在正道上，不要因为贪婪而成为贪官，也不要以触犯法律的代价来获得虚假的成功。

"虾米青年"也需要这种雄心，需要有一种对未来的不满足感，这样你才有勇气改变自己的现状，对未来有所追求。比如，你要有当白领的"欲望"，要有当老板的"野心"，还要有买套房子或找个漂亮女友（"潜力股"男人）的雄心。这种雄心不是让你学坏，而是激励你为改变现状奋发向上，给你提供精神动力。我们看这个有雄心的"虾米青年"是如何通过奋斗取得成功的。

陈平大学毕业后，便回到了家乡。他通过公务员考试，再加上亲戚朋友的关系网，顺利成为市委宣传部门的小公务员，收入比较稳定，生活也比较安逸，但他却是一个不太安分的人，很想改变自己的现状去大城市去闯闯。因为他厌倦自己按部就班的生活，每天都是会议，一天下来没多少事情做。于是，他想辞掉工作去追逐梦想。

陈平的决定遭到了家人的强烈反对，可陈平依然选择了辞职。一个月后，他一个坐着火车悄悄来到了北京。然而到这里后他才发现，北京没有那么好混，也明白了为什么一个公务员岗位会有成百上千万的大学生来争抢。

陈平一直住在一个同学家里，可他在一个月内没有找到自己梦想中的工作，为了不打搅同学和他的家人，陈平无奈搬到了郊区，在一个农家院里租了一间月租200块的房子。院子里大概住了8户人家，但却有20人之多，很多都是刚毕业的大学生。这里条件很差，没有卫生间只有茅厕，也没有冲凉的地方，只能用凉水在院子外简单擦洗一下。陈平想这大概就是自己的"虾米青年生活"，但他并没有气馁，觉得一切总要有个开始。

为了生计，他在朝阳区找了份送快递的工作，经过简单的培训后，他就开始满城市的跑，一边送快递，一边接收快递。他每天披星戴月，拿着一张地图，穿梭在茫茫人海之中，一个月下来瘦了一圈。等月底领工资时，虽然也有好几千元，但这样的工作比当公务员累多了。在他所住的院子里，很多人都从事与自己相类似的工作，比如保险、销售等一些临时性的工作，但那些人似乎很满足自己的状态，不曾想过如何去改变自己。他们白天卖力工作，晚上经常凑在一起打牌，或者在大排档里吃喝玩闹，过着自己悠然的生活。陈平不想成为这样的"虾米青年"，相比那些人，陈平是一个有雄心的人，对未来世界充满了追求的欲望，这也是支撑他留在北京的动力。

后来，陈平辞掉快递员的工作，去了一家广告公司做普通员工，虽然没有职位，但他勤奋好学，有什么不懂的就像老员工学习，还经常跟设计人员聊天，向他们偷学经验，并利用晚上在地下室里一边研究设计方面的书籍，一边动手在电脑上尝试着设计作品。他在这家公司一干就是一年，在这一年的时间里，他的业绩大大提升，学到了很多经验。在公司里，他熟悉了企业的基本运作，还懂得了设计知识。在外面，他接触了很多客户，口才和办事能力在公司里是佼佼者。而且，他还在公司里找了一个漂亮的女朋友，女朋友觉得他是一个有上进心的人，这样的男人适合做自己的"潜力股"。

由于陈平出色的表现，公司提拔他做了领导，可他没做多久又想辞职了。这次他不是想寻找更高薪水的工作，他有更大的"贪婪"和"欲望"——他想自己去创业！一些同事听说他这个想法后都说他傻，一个女孩说："你现在都是领导了，已经不错了，别再冒风险去创业了。"可陈平却不这么认为，他说道："一个士兵要想成为将军，在他成为优秀士兵时，就不能被暂时成功诱惑，他要有更大的雄心去做将军，去统领整个军队！我也是，我要做自己的老板。"

女朋友也特别支持陈平创业的想法，庆幸自己选对了这支"潜力股"。确定要创业后，陈平就像当年辞掉公务员那样辞掉今天的工作，他把自己的积蓄都拿了出来，包括他准备买房的钱。他注册了一家小广告公司，办公地点就在自己小区的租房里，还招聘了几个刚毕业的"虾米青年"大学生做员工。

令陈平没有想到的是，公司一成立生意就不断，很多客户会自动找上门来请他们设计广告，一年后，他和女朋友合算了一下，除去发工资和日常开销，他足足赚了100万，这绝对比打工赚钱。但陈平还不满足，他还有着强烈的心，准备扩大公司的规模，去做业内最出色的公司。

如此看来，一个"虾米青年"千万不要满足现状，也不要对自己失去信心，你必须"贪婪"一些才行，只有"贪婪"才会有进一步的收获，才能像陈平一样从一个"虾米青年"变成一个年收入百万元的老板，从一个"士兵"变成"将军"。如果一个人没有一点"贪婪心"，那样就会错过很多的东西。总之，拥有一颗雄心并不是错，只要你把它用对地方，它就会爆发出强大的能力激励着你向前迈进。

规划自己的"白领蜕变路线图"

小雨是某个省会城市的"虾米青年"，他一直梦想着能够成为一个高收入的白领，但他在这好几年里，却一直没有实现这个愿望，薪水不见增长，生活条件也没有多少改善，期间竟然换了

25次工作,到现在卡里的存款不足5000元。

小雨是一个好高骛远的人,总想找个好工作,于是工作不满意就"跳槽",幻想着能够找到一个高薪的工作,但由于他的目标太盲目,很多工作都干不了几个月就辞掉,或者被公司给辞退。一方面,有些工作薪水的确高,可他根本做不了,缺乏这方面的经验和能力,另一方面,有些很适合他做,可他嫌薪水低,干了几个月,经验没学到手、能力还没提高时就跳槽了,换来换去,工作都差不多,每一次都得从头做起。

眼看就要30岁了,没有房子,没有存款,当然也没有哪个女孩愿意爱他。家人开始催他赶快结婚,可他的白领梦还没有实现,至今一无所有,拿什么去结婚! 如今,恨自己没有职业规划,像一个无头苍蝇一样找不到方向。

如果一个"虾米青年"在毕业前后没有自己的职业规划,没有给自己制定一个具体的目标,他就会像文中的小雨一样找不到方向,也无法向白领蜕变。可见,职业规划对"虾米青年"来说是十分重要的,而这个规划最好在走出校门前就确定。

那么,什么叫职业规划呢? 它是指一个人一生连续担负的工作职业和工作职务的发展道路。做好职业规划对自己的发展有着重要的意义,无论在哪个行业、无论做什么工作,只要做好规划,人的职业道路就会平坦一些,就会多些成功的机会。

哈佛大学的爱德华·班菲德博士对美国社会进步动力的研究发现,那些取得非凡成就的人都懂得规划的重要性。他们在制定每天、每周、每月活动规划时，都会用长期的观点去考量。他们会规划未来几年内的行动计划，他们分配资源或做决策都是基于预期自己在几年后的地位而定。

美国的成功学大师安东尼·罗宾斯也曾经提出过一个成功的万能公式：成功＝明确目标＋详细计划＋马上行动＋检查修正＋坚持到底。从这个公式我们可以看出，人们要想成功，首先需要明确自己的目标并制订详细可行的计划。我们在职业生涯规划时也是同样，我们首先选择一个最适合自己发展的行业和工作，然后确定目标，最后付诸行动，并且经常的对自己的目标和计划进行检查修正，最后坚持到底，定能获得职业生涯的成功。

这一研究成果和公式对大学毕业生和"虾米青年"都很有启发意义。如果不做规划就闯入职场，会东撞一头，西撞一头，撞来撞去，等30岁的时候，再回头看过去，会发现，自己的职业轨迹乱七八糟，走的都是一条弯来弯去的曲线。有的人甚至还走了一个圆圈，绕来绕去又回到20岁时的起步点，而且，再想向前，却步履维艰，无所适从。其结果就像开头那个小雨一样，换来换去还停留在原地。

因此，自身"硬件"和"软件"都不太好的"虾米青年"要想成功蜕变成白领，必须规划一个路线图才行。有了这个职业路线图，你的行动才有方向，知道自己该从事什么职业，从而努力把自己变成白领。我们看刘寒的故事：

刘寒在某职业大学毕业后，先后辗转了好几个大城市，每次都没有稳定下来，有时候还能住楼房，有时只能住地下室。他没有自己的目标，只要薪水高他就想做，不想做了就离开。几年来，他从事过电脑学校招生工作、保险公司的业务员、广告公司的策划和宣传人员，目前正处于失业状态，过着"虾米青年"式生活，对未来的路也一片迷茫。

为此，刘寒找了一个职业服务公司去咨询，想明确一下自己未来的路该怎么走，如何才能成为一个收入稳定的白领。工作人员对他的情况详细了解后，帮助他规划了一个高级营销人才白领路线图。刘寒之前几份工作都和营销有关，在这方面有能力也有经验，这应该是他以后发展和钻研的方向，不能再盲目地换工作。

刘寒确定自己的奋斗目标后，一边加强市场营销策划等基础知识，积累实际的市场经验，累积自己的核心竞争力，一边抓住机会向含金量高的营销岗位上迈进，不再只看薪水和待遇，他看中的是这个职位是否有利于实现自己的目标。通过有步骤的努力，他迅速在这个行业找到了感觉，进步也特别快，后来就被公司提拔销售总监，年薪 20 万，实现了自己的白领梦。

那么，"虾米青年"或即将毕业的大学生该如何制定职业规划和白领路线图呢？通过上面的事例介绍，你应该有所启发。首先，你在择业时要对外界和自身情况进行充分的了解，进而初步确定自己的职业定位和发展方向，知道自己想成为什么样的白领，然后规划自己为这个目标该怎么去做。

第一，从外界的角度讲，你需要了解当前的整体就业环境和就业趋势如何，哪些行业适合你发展。各行各业的现状及发展前景是不同的，有些行业热门，有些行业冷门，有些薪水高但未必适合你，有些薪水低但很有发展潜力。

下面这些行业适合年轻人就业：①.IT行业：IT行业就是和计算机技术相关的领域。其中，综合网站、电子商务、网络游戏等都蕴藏着丰富的机会；②.高科技行业：它是最具发展潜力的行业，有信息软件、集成电路、第四代移动通信、数字电视、信息化装备和汽车电子等领域，以及生物医药，包括基因工程、生物医药材料、生物技术、中医药产业化等领域。随着科技的快速发展，该行业受到了国家的高度重视，因此也将有着诸多的就业机会；③.设计行业；设计行业最受年轻人欢迎，主要包括：室内设计、IC设计、纺织品设计、平面设计、工业造型设计等。该领域适合学习艺术、设计、广告等专业的大学生。

第二，在选择行业前，应该对自己的情况进行一下详细分析，自身的情况主要包括我喜欢做什么（从兴趣爱好角度），我适合做什么（从天赋才干角度）。

1. 要考虑自己的兴趣和爱好

每个"虾米青年"都有自己的兴趣和爱好，你在制定职业规划时，必须考虑这些点，因为去做自己喜欢的工作才有激情，同时还会有创造力。罗素说过，他的人生目标就是使"我之所爱为我天职"。如果"虾米青年"也有这种魄力，还怕成不了白领嘛！

2. 看看自己适合做什么

有自己的爱好，还要看看自己是否适合做这项工作，"虾米青年"在制定职业规划时，要将自己的兴趣同本身的能力、学术背景相结合，来综合评价一下自己。你可以这样做：接受专业的个人定位测试，从而加深对自己的了解，明确你自己想要加强的方面；通过各种渠道了解不同职位的用人标准和原则，了解不同职业、职位所要负责的事务，看看是否适合自己去做；或通过询问已经工作的学长或自己的家人，请大家帮助分析一下你更适合做什么。

当一个"虾米青年"有了自己的职业规划和"白领路线图"后，剩下的就是该如何让这个目标得以实现。首先，你在执行的时候要把一个大的目标分解成不同的小目标，一步一步的去做。其次，当你难以达到规划和路线图的目标时，你得去评估它是否有不妥地方，三个月也好，一年也好，至少一年要做一次评估。最后，你要适时调整你的职业计划，任何一个职业规划都不可能一次性完成，要不时进行调整。

白领不是"虾米青年"遥远的梦，只要你给自己一份信心，去制定一个向白领蜕变的路线图，你就可以找到自己奋斗的方向，结束你的"虾米青年"生涯。

别了大城市，去小城市做个白领

2010 年两会期间，著名主持人杨澜在接受采访时表示，中国二三线城市发展快，房价相对较低，工资水平也不错，建议"虾米青年"可以到那里去发展。

杨澜说：

前不久我制作了一个节目，我们采访了很多大学生，发现这些从外地来到北京生存的女大学生条件非常艰苦，来到我们节目组的四个女孩都是从外地来的，本身自己家境比较困难，不愿意再问父母要钱，就带着一两千块钱来到北京，住在非常拥挤的地方，每天早晨天不亮就出去找工作，晚上天黑了才能够回来……

当然我也想说，随着中国城市建设越来越向二三线城市扩展，其实现在很多二三线城市发展得非常好，发展速度非常快，倒不一定非要挤到北京、上海来。我去的江阴、宜兴等很多二三线城市，他们的经济发展速度以及工资水平都相当不错，而且房价又低，同样的工资，你住的房子可以更宽裕一点，为什么不考虑呢？

杨澜的话很有道理，今天"虾米青年"形成的很大原因就是大量的年轻人都往北京、上海这类的大城市聚集，但大城市的生存空间和就业岗位都是有限的，从而导致大城市的竞争压力大，房价高，消费高，交通拥挤。其实，一个人并不是只有呆在大城市才叫人才，也不是呆在大城市才有"面子"，如果你连一个好工作都找不到，一套好房子都住不起，你还有什么"面子"可言。对于"虾米青年"而言，你完全可以选择一个更适合自己的二三线城市去寻找发展空间，或许你会比一线城市的白领过得还滋润。

现在很多年轻人都意识到了这点，曾有网站做过"你对你所处的城市满意吗，将来有没有打算回家发展"的调查。资料显示，40%的漂泊者对目前的状况不满意，其中，有81%的漂泊者不确定将来会不会离开这个城市，还有60%的人表示30岁后会选择回家发展的。他们抱怨的理由是"房价太高，买不起房子"，"担心以后会失业，怕供不起房子"。

的确如此，你可以看看周围的人，有多少人打算在这个城市工作一辈子，又有多少人选择了离开。选择离开是很正常的事情，许多大学生年轻时在北京、上海这种地方奋斗，等到了一定年龄时，他们已经不适应这个城市的发展了，为了生存，他们必须选择离开。因为在大城市里，除了管理者外，很多工作都是年轻人的岗位，很多公司都不招聘35岁以上的员工，你可以看看那些招聘信息，很多都要求在35岁以下，等你40岁后，想找到一份高薪工作真的很难。

既然年轻时做"虾米青年"，中年时没有发展空间，还不如早点离开！前些年曾出现年轻人逃离"北上广"的现象，这是"蜗居白领"和"虾米青年"离开大城市的无奈写照，但他们的逃离却是一种明智的选择，而且这种现象逐渐会成为一种潮流，会有越来越多的人离开让自己喘不过气来的大城市。

小蒋是北京的一个"虾米青年"，虽然在北京一家公司实习，但他早已打定了回家乡北川就业发展的主意，他说："与其在上海、北京找个并不满意的工作，还不如回到家乡找一份好工作。在北京，月薪虽高点，但生活开销大。但到中小城市就不一样了。"其实，持有与小蒋的一样观点的人还有很多，这些虾米青年普遍认为，大城市生活成本高，还是回家乡求职容易些。比如下面这个逃离"北上广"的故事：

王先知从广播学院毕业后，在上海某传媒公司上班，他没有固定的工作，编导、主持、媒体策划、记者都做过，可没几个工作是正式的，不是临时性的，就是合同制，无法成为公司编制内的员工。一个正式员工如果每月8000元，那么他只有不足3000元的收入，而且公司也喜欢用他们这样的大学生做临时工，薪水低，有时候还不用上保险之类的，用得着的时候就给你些提成，不需要你的时候就赶你走。

没有好工作就没好收入，王先知在上海只能做一个"虾米青年"。他的工作很不稳定，有时经常处于失业状态，在这种情况下，他不敢花钱去小区住，怕交不起房租会给房东赶出来。于是，他在郊区租了一间600元的民房，周围是建筑工地，经常有噪音传来。他平常也很节省，衣服能少买就少买，除了必要的应酬，他很少去饭店吃饭，都是自己做，有时忙的话，就用方便面来充饥。

毕业后的几年时间，他就这样飘飘荡荡着，看不到未来的希望，像一个群众演员一样等待着剧组给自己一个上镜的机会。正当王先知迷茫和困惑之际，一个高中同学来看望他，见他在大城市里整天做临时工，就笑着说："你真傻，凭你的实力和才能回到家乡完全可以进入咱们市的电台，为何在大城市里做个虾米青年呢！上海的人才太多了，绝对不差你一个，不是所有在大城市的人才都能成功，还是回家发展吧。"

那段时间，父母见他这么辛苦也催他回家，还说道："在上海没房子，没收入，也没老婆，人不能一辈子都飘飘荡荡的，必须有个着落才行。"在家人和朋友的劝说下，王先知决定要离开了上海。

离开上海后，王先知在朋友的引荐下顺利进入了当地的电视台，后来还成为了正式员工，在那里他受到了台领导的重视，周围的人也很尊重他这个见过大世面的人才。在这里他的收入稳定，有了积蓄后准备着贷款买房子，同时一个台里的女编辑也走进了他的感情生活。远离大城市难免会有一些失落感，但看着自己的幸福生活，王先知并不后悔自己的选择。后来，他通过自己的努力，竟然成为台里的"一哥"，经常主持一些节目，在当地小有名气。

不可否认的是，随着经济的发展和城市化进程的加快，二三线城市越来越有竞争力。调查结果显示，2009年毕业生在一线城市工作的起薪点有所下降：其中，上海的毕业生起薪平均值为2691元，下降了9.73%；北京的毕业生起薪平均值为2655元，下降了7.56%；深圳的毕业生起薪平均值为2575元，下降了5.2%；广州的毕业生期望薪酬下滑5.2%，为2573元。报告同时显示，大连、天津等二线城市的毕业生起薪降幅低于一线城市，而在一些三线城市和小城市，起薪还有一定幅度的上升。

薪水和待遇的上升只是一个方面，二三线城市还有很多大城市不具备的优势，比如低廉的消费成本，舒适的生活环境，在工作方面你的竞争压力小，你还能得到周围人的尊重，重要的是你离家近了，就少了那份漂泊感。

对于二三线城市的发展优势，著名教育界人士、新东方掌门人俞敏洪做客某网站访谈时，就曾谈道：

我觉得中国的未来会有一个走向，在任何经济社会发展中都是一个趋向。比如说美国很多的企业都集中在大城市，随着大城市费用越来越高，信息渠道的越来越畅通，中国的大公司也向小城市转移。很多的小城市慢慢会为了适应中国社会的转变，小城市的就业机会也会越来越多，因为小城市更加需要现代化和人才。

一个建筑设计师，如果你在北京设计一个20层的高楼，和在县级市设计一个20层高楼感觉是不一样的。如果我是这个建筑师的话，我觉得自己的成绩更高。我觉得成就感就是在于你自己的感觉，未来的生活是否方便，坦率地说小城市现在和大城市比，不会有太多的差距。信息渠道是一样的，所有的娱乐、饮食、百货商店都是一样的，现在，大量的地级市已经通了高速公路，交通也是比较方便的，不少小城市到大城市就是两个小时的距离。生活的步伐相对来说，小城市更加悠闲，在北京的人天天就像没头的苍蝇一样，赚的钱肯定是相对比较多，但是现在北京的消费也高啊。如果都往北京涌，首先是容纳不了这么多的大学生，其次这个城市也不一定是你发展最好的地方。

大城市并非天堂，小地方也并非地狱，说不定还会成为你的天堂。因此，当你在大城市拿着微薄的薪水做"虾米青年"的时候，你可以考虑到二三线城市去发展，这不是丢"面子"的事情，而是一种明智的选择，不要为了大城市的一张床而丢掉了小城市的一套房！

第五章

不怕企业太无情，就怕自己没本事

有些还在象牙塔的学生总觉得找工作是件很容易的事情，以为有张文凭就可以走遍天下，或是觉得毕业于名校就能进大公司。其实不然，在中国大学扩招之后，每年都会有大量的毕业生涌入社会，使得人才市场供大于求。要在短时间内在北京、上海这类一线城市找一份称心如意的工作是很难的，除非你是特别优秀的人才，否则没几个企业会把你当大爷一样看待，有的企业甚至会把应届生拒之门外。

所以，放低姿态找工作是必然的选择，如果没经验就积累经验，没大公司录用你就到小公司锻炼自己，只要你翅膀硬了，你还怕找不到好工作吗？如果你还是在校大学生，那么你从现在就紧张起来吧，在认真学知识的同时，利用各种机会去锻炼自己的能力，这样等你毕业后会比其他人多些胜出的机会。

若不是人才，就别等工作来找你

小海22岁，毕业于某大专，学的是计算机专业，还考了一大堆证书。当时在学校里因为他专业很好，总觉得自己是最棒的，但现在出来了，一切都没有想象中那么简单，找工作的人太多，招聘会上人山人海的，让他觉得自己太渺小了。因为自己是学电脑设计的，参加了几场招聘会，也去面试了几家做平面广告的小公司，结果全部碰壁，打击了他找工作的热情，几个月过去了还是没找到。

但小海似乎并不着急，父母每月还会给他一些生活费，靠这点生活费，他与几个同学在一个"虾米青年村"租了一间房住，每人一个床位，"蜗居"了6个人。他们依然过着大学般的生活，一起吃饭，一起到母校闲逛去看美女，晚上还保留着卧谈的习惯，上到天文地理，下到人生百态，自然也少不了女人和性。

小海觉得工作可以慢慢找，当时正是金融危机肆虐的时期，很多公司都在裁员，他想这时未必能找到满意的工作，他觉得还不如先在网上发简历等等看，说不定哪天就会有人让自己去面试，何必挤破头皮参加招聘会！

于是，在那段时间里，小海拿着父母给的生活费过着自己悠然的"虾米青年生活"，白天室友们上班，他却在宿舍里上网发简历，剩下的时间就是玩游戏，困了就睡觉，饿了就到外边的餐馆吃饭，一天天就这样过去了。一年后，小海依然没有等到面试的机会，而这个时候室友们一个个搬走了，他们都找到了工作，小海就纳闷了，为何就自己找不到工作呢？难道自己真的不是一个人才吗？

其实，并非小海专业学得不好，而是他对工作怠慢的态度决定了他得不到工作的机会。"虾米青年"圈里的确有这样一群人，他们没把毕业当毕业，走入社会后继续过着自己悠然的生活，但他们并不很有钱，只能"蜗居"在很便宜的房子里。即便这样，他们也懒得花费精力好好找份工作。他们不想找工作，一是"孩子般的习惯"造成的，另一方面就是他们对就业的态度问题。

先说"孩子般的习惯"。80后以及90后出生的孩子赶上了中国经济快速发展的时期，很多家庭都比过去宽裕了很多，他们没有吃苦的童年，却享受着富足的生活和美好的时代。而且他们几乎都是独生子女，是家人眼中的"小皇帝"和掌上明珠，被大人惯着、宠着，什么事情都不操心大人自然给安排好。在这种环境下生活久了，他们就会形成懒散和依赖的习惯，显得很娇气，永远都把自己当成孩子，希望活在父母的庇护下。因为习惯了父母的庇护，他们没有生活的压力和紧迫感，觉得背后有父母这座大山扛着没什么可担心的，所以连找工作这样的事情都一点不着急。

再说他们不够认真的人生态度。有些大学生把找工作这事看得太简单，觉得毕业后拿个文凭就能找到一个好工作，十分清高和自恋，妄想着工作会自动找上门来。因此，他们找工作时不够积极主动，缺乏足够准备，所做的努力不够。比如对企业的了解不够、不足，没有好好展现自己的优势，不懂得面试技巧，也不注意包装自己的形象。他们更没有找工作的耐力，一时找不到就懒得再找，一副学生的姿态，爱干不干的样子。

这些大学生应该明白，一个人毕业后要想离开父母的庇护过自己的生活，就要学会独立生存，用积极的态度去找工作，要舍得花费精力和时间才行。如果你不是人才，我想没哪个企业去主动找你工作，去讨好你，把你当成上帝，你必须做好充分的准备去接受企业的审查和考核，这样他们才会给你一个机会。

即便你是个人才，在某方面有着特殊的技能，如果你不表现出来，企业如何能看得到呢？而有些人就特别主动，比如有一位大学生在通过了简历筛选后，希望到外企的一个销售部门去工作，面试之后是漫长的等待，为了不失去这个职位，该大学生主动出击，整天出现在人事经理面前"纠缠"她。人事经理猛然发现，这个同学的这种精神正是做一个销售所不可或缺的，后来就同意让他去做销售工作了。现在，这个学生已经因为出色的销售业绩晋升了职位，去担任某城市的销售代表了。

看来，无论你能力一般还是能力突出，要想找到一份好工作，你必须主动出击才行，只有主动你才有机会获得工作的机会，不够主动，你就会与机会擦肩而过。一些专家特别提醒大学生，尤其是没有经验的人在求职时，除了要有一份有效传递信息的简历外，还需要做好多方面的准备，从而积极主动向招聘者展现最完美的自己。

我们看这个故事：

赵健大学毕业后就开始积极地找工作。他白天奔波于各种招聘会、笔试、面试，晚上则守在电脑旁，对即将去面试的企业做深入的了解，并阅读一些求职技巧的书籍，精心准备自己每个面试。虽然他很多面试并没有任何结果，但他都很坦然去面对，

后来接到一家广告公司的面试通知，自己就在网上搜索这家公司的资料，把这个公司的发展历史及管理特点都了解了一番。他还花了大量时间研究这家公司在面试时喜欢问的问题，还搜索了一些网友的帖子，从中学到不少东西。比如，这家公司不喜欢听应聘者说"我可能不够优秀，但我一定尽最大的努力完成自己的工作"这类话。这样的回答在企业看来完全是套话，过于虚假，不能说明什么。

功夫不负有心人，由于他良好的面试表现，给这家广告公司留下很好的印象，考官通过考察觉得这个小伙子特别适合该职位，就通知他下个星期去上班。一个月后，赵健领了人生中的第一份工资，他特别兴奋，就搬出了"虾米青年村"，在公司附近的小区内租了个单间住，还有卫生间和厨房，虽然是"蜗居"，但心情是快乐的。

那么，大学生"虾米们"在找工作的时候，应该如何做到积极主动呢？或者应该去做哪些准备，在哪些地方下足功夫呢？建议如下：

1. 别怕麻烦别怕累，心动，身体也要动

找工作不是件简单的事情，对于应届大学生而言，它特别累，特别麻烦，有时候还会让人身心疲惫，绝对没有你在学校谈恋爱那么轻松快乐。因此，找工作就要改掉自己懒散的习惯，不怕麻烦不怕累，要有吃苦精神，让自己心和身体都积极行动起来。

2. 学会主动去推销自己

现在招聘会很火爆，可让大学生心动的岗位有限，一个岗位说不定同时有上百人，甚至上千人在盯着它，如果你表现的不积极，机会可能让别人抢走。在这种情况下，你可以主动去推销自己，变被动为主动，给对方留下深刻印象，也许你就能脱颖而出。比如你可以主动打电话询问，主动介绍自己的特长等。

3. 了解企业的背景和资料。

在去一个公司面试前，了解和收集对方公司背景和资料是很重要的，包括该公司的历史、性质、规模、特色、组织结构、发展前景等具体情况。你可以向父母、朋友、同学或亲戚打听，也可以向在该公司工作的人询问，还可以通过电话、网络、新闻报道、广告、杂志、企业名录以及其他书籍来寻求这些信息。

4. 收集主考官的有关情况

面试官或人事经理是你能否获得该职位的关键人物，你通过他这关，基本上赢得了工作机会。首先要打听到考官的姓名，并且要会正确地说出他们的姓氏，不能发错音。如果主试人是外籍人员，有时候他们名字的发音你难以掌握，可以在词典中查出其准确的发音。然后你要尽可能了解到主试人的性格、做事特点、兴趣、爱好，他的背景如何。如果是高级别的管理人员，公司公共网站上会有一定的介绍。

5. 进行面试前的模拟演练

士兵出征打仗前要进行演习，学生考试前要进行模拟考试，那么求职者在面试前也可以进行一场模拟训练，你可以模拟面试的情景，想象对方会如何提问你，然后思考如何去回答才好。经过这样的训练，你可以更加自信，心态更平和，同时你还能在模拟演练中找到自己的不足，并及时改正。

暂时找不到别灰心，多点耐心就有机会

林静大学毕业后，在一个亲戚那里帮忙，但干了一年觉得没有发展潜力，而且给亲戚打工很不自在，于是想重新找一份更适

合自己的工作。在家待了几个月后，就南下去了深圳，第一次出远门找工作她信心十足，她在网上看到一家外企的待遇很不错，能去这样的公司对自己将来的发展会很有帮助，她就想去试试。

在此之前，林静觉得自己的条件不错，认为自己在英语、电脑方面均有优势，一定能够被录用，然而对方却以经验不足为由拒绝了她。之后，林静又满怀信心去一家网站应聘，对方这次以她的口才不够好再次拒绝她。接着她又面试了第三份工作，这个虽然没有直接拒绝她，可却迟迟不见回音。

一次次求职的失败让林静心灰意冷，她甚至开始怀疑自己的能力，为工作的事情她特别愁，也着急，没工作心里就特别难受。那段时间心情特别差，经常到酒吧借酒消愁，或者在自己的租房里蒙头大睡。她有些迷茫，甚至想马上提着行李回老家，觉得在深圳这种地方太难混了，根本就没有自己的容身之地。

我们在上一节中讲了一些"虾米青年"毕业生找工作时不够积极，而这节中我们则要告诉你，一时找不到工作却不能太着急，也不能因此而心灰意冷，或者产生浮躁的情绪，林静就是这样一个求职者。

"找工作难！"这的确是实话，每年有那么多大学生要就业，还有那么多刚刚跳槽有经验、有能力的人在和你竞争，可企业只提供了有限的职位，你若能轻轻松松就找到一份满意的工作是不现实，都必须经历一个找工作的艰辛过程。很多人投了上百封简历，参加几十次招聘会，进行过无数次的面试才得到一个还不太满意的工作。所以说，暂时找不到工作很正常，完全在情理之中。

因此，作为一个大学生"虾米"，没有必要因为一两次的求职失败就对自己失去信心，也不能因此消沉下去。你应该以一种乐观态度面对求职，多点耐心，给自己一些鼓励，相信自己只要努力就会找到好工作。除了耐心和自信，提高自己的实力和面试技巧，并学会从失败中总结经验才是取得求职胜利的法宝。

有的人很有耐心，在找不到好工作的情况下，干脆就冷静下来，一边好好补充自己的专业知识和相关技能，一边慢慢地找适合自己的工作。即便后来依然遭遇多次失败，也不气馁，而是从失败中总结教训和经验，越挫越勇。最后，终于找到了令自己满意的工作。我们看下面的这个例子：

王乐阳在大学是学理的，当年南下深圳，因为他喜欢这个城市。

在深圳的那段日子里，小王起初找工作很不顺利，每次都碰壁，不过他没有失去耐心，准备慢慢找，寻找适合自己的工作。在家里，他一边学习软件开发知识，一边准备一轮又一轮的面试，那些公司都是不错的公司，有腾讯、金蝶等，但他们照样把小王拒之门外。可尽管如此，小王依然没有气馁，而是继续寻找。

经历一次一次的失败，小王的经验逐步在增加，成了面试高手，能够轻松面对面试官的拷问。而且他对很多公司的面试题都做的比较顺手了，特别是电脑开发知识，每次他都会回家把自己不会的东西搞懂。到了三月份，小王觉得我找一家好的公司应该问题不大了，事实证明也是如此，很多公司开始邀请他去上班。

上海有几家公司对小王很感兴趣，让他去面谈，但他对上海这座城市不太熟悉，不是很想去，就拒绝了。杭州一家公司让他去，基本上确定录用，可他还是委婉谢绝了。因为小王在深圳找到了一份很适合自己的工作，他说自己真的很喜欢这座快节奏的城市。

通过找多次工作的经历，王乐阳终于明白，暂时找不到工作并不说明你笨，而是时候还未到，有几次失败很正常，人应该让自己冷静下来，不急躁，不气馁，要从失败中发现自己的不足，弥补它。

王乐阳："我觉得机遇是偏向于有准备的头脑的，没事的时候一定要抓紧时间学习，现在很多公司都要笔试的，笔试太差，人家就没有要你的理由了。"

那么，大学生"虾米们"在自己暂时找不到工作时，在自己特别急躁和气馁的时候，该如何调整自己的心态，又该如何积极面对呢？建议如下：

1. 客观评价自己，树立良好心态

我们常说"尺有所短，寸有所长"，每个人都有自己的长处和短处，因此大学生对自己和自身能力应有一个客观和正确的认识，应该明了自己能干什么和不能干什么。只有这样，你才能树立良好心态，在求职中抓住机遇，从而避免盲目和减少失败。

2.坚决克服导致浮躁情绪的心理

找工作和干好第一份工作是一个漫长的过程，你需要付出精力和辛勤的汗水，你还需要有认真的态度和良好的心态，因此找工作要慢慢来来，千万别急躁。下面几种心理是你必须要克服的，比如：过于自信的心理、自卑畏怯的心理、好高骛远的心理、患得患失的心理、依赖心理等。

3.找工作不要太理想化

一些大学生在求职过程中会表现的太理想化，总希望自己所找的公司规模要大，知名度要高，管理规范和成长空间大。可这样的公司那么容易进吗？更多的毕业生会进入一些中小企业去工作。如果一个人把自己的目标制定得高不可攀，他就会因为不能实现目标而烦恼。所以，找工作时要现实一点，如果目标太高，要求太高，最后失望就越大。

4.不要有急于求成的心态。

一些大学生"虾米"走出校门后，对工作和未来都显得很急切。他们每个人的心中都有一番雄心壮志，都希望在工作中尽快脱颖而出，尽快的走上公司的管理阶层。"虾米们"有理想，有斗志固然好，对成功有追求与渴望也是正常的，但必须尊重现实，不可以急于求成，一切要慢慢来。

5. 不要让焦虑的心情折磨自己

有的"虾米"因为一时没能找到理想的工作非常焦虑。比如，他们眼看着别的同学一个个都签约了，成功地把自己"嫁"出去了，自己还没有找到"婆家"，心里越来越着急，食不甘味，夜不能寐！这种担心完全没有必要，你应该坦然面对自己的落魄和别人的成功，不要拿别人的成功来给自己制造压力。

6. 乐观一些

一些"虾米"在几次面试失败后，变得十分消极，经常垂头丧气地说："不知道将来怎么办，一点自信都没有。"其实，你应该让自己乐观一些，多往好的方面想，不要活在失败的阴影里，也不要用借酒消愁，那样只会让你更加消沉。

7. 不抱怨，主动去改变自己

李开复关注大学生就业问题，当他听到在求职旺季，不少学生抱怨"空念"本科或研究生却找不到工作的现象时，他这样说道："这不能怪学校、怪教育体制，只能怪自己。有些事情不能改变，唯有改变你自己才是关键。要是你一直抱怨，一直认为自己是受害者，那就永远不可能成功，你应该去主动改变自己才行。"

8. 从失败中总结教训

几乎每个求职者都有面试失败的经历，失败不可怕，关键你能否把失败当成学习的机会，从失败中总结经验教训，为下次面试做准备。比如，在面试结束后对此次面试进行及时总结，看看自己究竟在哪些方面没有做好，以便下次改进。有一句话说得好，"不要让过去的教训再教训自己"。只要及时总结，每次改进，你被录用的几率就大些。

经验和能力比面试技巧更重要

在今天，无论是求职书籍还是招聘网站都在过分渲染面试技巧的重要性，使得一些刚毕业的大学生或者是混得不太好的"虾米青年"天真地以为面试技巧就是制胜的法宝，为了获得这个法宝，他们通过购买书籍和看求职网站来武装自己，以求在找工作和求职面试时能够轻松过关，谋得一份好工作。

然而，他们如此看重求职技巧，常常会陷入"技巧游戏"的泥潭而不能自拔，结果是求职热情深受打击。因为把面试技巧当成取胜的法宝是舍本逐末的做法，企业看重的是应聘者身上那些实实在在的东西，比如工作经验、能力、综合素质等。单凭求职技巧来包装自己很容易被企业淘汰掉。

一个招聘经理这样说："来面试的大学生，他们很会打扮自己，简历制作得也精美，很懂得去表达自己，让我们误以为他们

113

是出色的人才。等通过了面试来公司上班，没干多久就被我们辞退了，因为我们发现他除了面试技巧，啥都没有。"

一个面试考官也说："在招聘过程中，我发现很多求职的简历都有很多类似的地方，就仿佛是一个人写的，而在面试过程中，他们回答问题的方法也十分雷同，给人的感觉是一个老师教出来的学生。我通过了解才发现这些求职信都来自一本谈应聘技巧的书。令我吃惊的是，我在几本书中都看到几乎相同的应聘信填写模式。我很困惑，大学生求职除了机械性技巧之外还有什么？"

在这个过分强调求职技巧的年代里，我们把面试看得太片面，而有些片面是人为造成的。那些天天嚷着技巧的求职网站不过是为了提高自己的点击率，说到底为了自己的广告收入。那些为你指点迷津的求职书籍，为你介绍各种各样的求职技巧，说只要掌握了这些技巧，就能在求职的过程中游刃有余，但他们过分强调技巧的重要性也无非是忽悠你买书，目的是提高图书的销量。那些求职培训机构，说只要接受了他们的培训一到两个月，就可以找到一份高薪工作，这也太神奇了吧。

其实，对于这些求职技巧，我们不能说没用，只能说全靠这些东西是远远不够的。它起到的只是辅助作用，只是一种表现自我的方法，并不代表一个人真正的能力。比如一个青涩苹果，你在它的外边用漂亮的盒子包装起来，但过分的包装不代表它的味道好，苹果要想好吃，必须有鲜美的果实。

面试技巧这东西是可以学的，也可以抄袭的，这就像考试成绩好的学生未必是优秀的学生，有的学生靠抄袭和临阵磨枪也能取得好成绩，你能说这样学生刻苦学习吗？分数不能代表一个学生的全部，面试也是如此，那些技巧谁都可以学，也可以"抄袭"别人的经验，但这些都不是属于你的东西。你应该问问自己，你除了面试技巧，有没有真正的优势，能够符合企业的要求。如果你一无所有，只懂得面试技巧，即便通过了面试获得了职位，也在那个企业呆不了多久。这也是为什么在学习的时候老师重点强调知识的培养和积累，不把求职技巧当作教学内容的原因。

对企业而言，他们进行面试目的是为了选拔符合自己需要的人才，能胜任具体岗位的人才，不会把一个仅是面试能力出色的人当作人才。

比如这个例子：

一个企业需要程序开发人员，就在网站上发布了招聘信息。几天后，有两个年轻人前来面试。一个人刚毕业没什么经验，有没有能力也很难判断，但他口才好，能说会道，在面试前买了很多求职书籍研读，在面试过程中应对自如，与招聘者聊得很投机。而另一个人没有第一个人活泼，他不善言谈，说话也一本正经的，在面试过程中，并没有什么出彩的地方，一些面试问题回答的也不够好。可他有着五年的工作经验，绝对是这个行业的人才，几个招聘者互相交流了一下，都点点头。

一个星期后，该公司公布招聘结果，面试表现最佳的那个木讷男生却胜出了，成为该公司一名程序开发人员，月薪有5000元之多。这个结果令第一个人很迷惑不解，通过询问，招聘人员告诉了他答案："如果我们招聘的是销售人员，你一定是最佳人选，但我们招聘的是技术人员，是一个能够出色完成程序开发任务的人，我们只看重经验和能力，相比之下，那个人在这方面很符合我们的要求。"

这是一个普遍的现实，企业招聘人才看重经验和能力，而面试的目的也是来考察求职者是否符合这些条件，是否能够胜任未来的工作，没有什么比这更现实。有49%的招聘者认为"经验和个人能力"是他们在招聘应届毕业生时最关注的因素。

至于在面试过程中表现出来的表达技巧、沟通技巧、协调技巧都是辅助参考的，只有当所应聘的岗位需要这些能力时，它才会成为优势。比如你当过管理人员，在面试过程中表现了你的沟通和协调能力，你的表现一定令招聘者满意，这个满意建立在你曾经做过管理者这个基础上。假如你根本没当过管理者，也不具备这方面的能力，你的沟通和协调能力就难以打动招聘者。

所谓经验，说简单些就是你是否从事过类似的工作。有一定的经验就能很快胜任工作，从而减少培训你的时间，在这点上企业是比较现实的，小公司更不会给你培训的机会，他们要的是立刻就能适应岗位的人。而能力，它是衡量人才的重要标准，一个人的能力不是看几本书籍就能获得的，面试技巧也不代表一个人的工作能力。比如你当编辑有编辑的能力，当导演要有导戏的能力，当设计师要有想象能力……这些都需要基本功，做过的人才有底气说自己有能力，没做过的只能是纸上谈兵。你有作品，有拍过的电影，有设计过的东西最能证明自己，说得再多表现得再好也没有作品有用。

除了工作经验和能力，求职的综合素质也是很重要的，有的企业不看重学历，也不特别看重经验，但对综合素质要求严格，比如是否有职业道德、职业规划，有没有团队精神，热不热爱学习，有没有正直感、责任感、诚信等等，它是大企业判断潜力人才的标准，这样的人值得培养，对企业的发展有利。一个高级招聘人员这样表示："我们公司需要那种有责任感、坚持、坚韧度的求职者，他们需要想清楚自己到底想做什么，目标是什么，在达到目标的过程中遇到困难怎么办？"

也许这些素质你可以在面试过程中伪装，可以尽量往好的方面表现，让招聘者看到一个满意的你，从而通过面试技巧蒙混过关，但内在的东西是不能长久伪装的，比如脾气暴躁和性格内向，你能在一时改掉和克服，但你难以长时间保持自己状态，总有一天你会露馅的。你到这个公司上班后，老板通过观察，发现你根本就不具备这方面的素质，他一定会对你很失望，至少你欺骗了他的眼睛。因此，希望大学生在注意培养面试技巧的同时，更加注意修炼内在的东西。

值得一提的是我们在这里不是否定求职技巧的重要性，掌握这些技巧绝非坏事，相反还能提高你应聘的几率，能给招聘者留下良好的印象。我们只是想告诉你不要迷恋它，不要把这些技巧当作救命稻草，一味去钻研技巧而忽视对经验的积累和能力的培养是不可取的，同时还要全面提高自己内在的综合素质。

应届生别抱怨企业的无情和冷漠

如今，很多企业在招聘员工时，都会标明有经验者优先，还限制一年或三年之类的，有的甚至标明应届毕业生勿扰。不信的话，你可以到一些招聘网站上看看，你会发现这几项条件出现频率非常高。

这种现象确实很普遍，小公司有，大公司有，外企有，国企也有，仿佛已成为很多企业间约定俗成的潜规则。特别是那些小公司，他们最青睐经验丰富的求职者，不愿意给毕业生工作的机会，不想花费精力去培养一个新员工，而有经验的员工不用你教，他就能马上适应自己的岗位。即便有些公司愿意录用应届生，也是不坏好意的阴谋，比如以实习为借口不给你工资，或者给你很少的工资。等你过了实习期，就说你不适合这份工作，给你写了张实习证明就让你走人，不给你涨工资，也不让你转正，一些不良的公司就靠这种方式招聘"廉价劳动力"。

正规的公司也不想招聘应届生，他们有自己一堆的理由，有一个人事经理说：我们并不是对应届大学生有歧视，像有些学校的应届大学生现在也是很热门很抢手的，比如说相当牛的北大、清华，211 工程的川大、浙大，个别特殊专业人才等等，这些学校的毕业生都是企业很青睐的优秀人才。我们所不要的应届生是指那些没什么经验，却眼高手低、不愿意吃苦干事情的学生！

还有个公司老总也抱怨说："说起开除，我已经很有经验了，对这帮应届生，我是一开除就当场请他清理办公桌。为什么要这样绝情呢？因为我怕了，我根本管不了他们，一个比一个有脾气有架子，甚至还破坏我和客户之间的关系。所以，我最后决定了，如果一个人能力实在不行，我情愿多给他一个月工资，会议上一宣布开除，就立即给钱，立即清点东西，立即走人。受了几次教训后，我就不再招应届生了，他们不够敬业，没有职业素养，完全比不上中专生和大专生，为什么？因为中专生觉得有个工作很不易，他们会尽心尽力地工作。而他们呢，整天把自己当大爷似的，我真的受不了……"

看来应届生找个工作真难，面对企业紧闭的大门，面对企业那些苛刻的条件，他们接受不了这样现实，觉得企业在欺负刚毕业的大学生，还有的人很"愤青"地抱怨说："你们天天嚷着要有经验，要做过某项工作，要具备……但你们不给应届生一个工作的机会，我们怎么会有经验，我们怎么去展现自我，难道那些有经验的人是从天上掉下来的吗？任何事情都需要一个过程，没一个人会一下子就成才，作为企业必须给我们这些刚走入社会的大学生提供足够发展的空间，我们没经验就要就让我们学经验，我们没能力就培训我们，这是你们的社会责任，总之企业要敞开大门让我们进！"

但你一厢情愿的抱怨企业是不会理会的，没哪个企业会因为你的抱怨而同情你，你抱怨你的，他们照样还会把你拒之门外。除非国家出台相关的规定，但这种事情政府是很难从法律上去约束企业的，在市场化的社会中，企业有权利选择什么样的人才，也有权去拒绝什么样的人。现在职场竞争那么激烈，激烈到一个岗位不愁招不到人，若说学历，满大街都是大学生，它不再是你的通行证，只能说明你有进入这个门槛的条件。

企业面在对众多的应聘者时，他们一定会择优录取，如果你是老板，想找几个熟练的电脑操作人员，而来面试的人一部分是有经验的，一部分是毫无经验的应届生，他们同样的学历，同样的素质，你会选择那一部分。我想你也会录用那些有经验的人。

其实，应届生除了抱怨，更应该好好反思自己，想想除了经验和能力外，是不是自身真的有不足的地方？企业拒绝应届生有他们的理由，可能他们了解应届生的一些缺点和不足，也或许某一部分应届生素质影响这个群体的形象，比如我们在文章开头讲到的那些招聘者，他们说出了为何不录用应届生的理由。那么，具体而言，应届生除了经验和能力外，还有哪些方面的不足呢？总结如下：

1. 期望值高，要求也高

有些大学生期望值很高，觉得自己薪水不能少于 3000 元，少于这个标准他们根本不愿意做，而且他们要求也高，必须有各种待遇，必须有好的环境等。其实很多大学生找不到工作的另一个原因是他们难以找到符合他们要求的工作，不是嫌这个薪水低，就是嫌那个待遇不够好。

2. 过于清高，却不愿脚踏实地做事

一些大学生觉得自己是个大学生，总觉得自己比其他人能力强，不想干小事，对待工作不够认真，缺乏吃苦的精神。在这种心态下，他们很难把工作踏踏实实地做好，不是丢三落四，就是错误百出，这样的员工哪个老板会喜欢。

3. 学生气太重，心理欠成熟、稳重

一些应届生工作之后还保留着学生气，没有城府，心态不够成熟、稳重。他们动不动就发脾气，一点也不知道克制，看谁不顺眼就想说，受点气就与别人大打出手，还缺乏团队合作精神，与别人的关系处理的不好。他们还有孩子般的矫情，被老板批评两句就闷闷不乐，有时候赌气不上班等等。要知道这不是在家里，也不是在学校里，没人会容忍你的脾气，也不会把你当孩子一样宠着。

4. 心态不稳定, 频繁跳槽

一项针对大学生就业的跟踪调查显示: "应届生工作第一年跳槽率在 70% 左右"。智联招聘的一项调查也表明, 有三成大学生毕业一年就换掉了工作。一家企业负责人也说: "公司里'80后'的新员工 3 个月内流失率可达 60% 以上。"造成这种现象的原因, 在于这些应届生心态不够稳定, 没有耐力。有的人际关系处理不好就跳槽, 一见到薪水高的工作机会就想去试试, 有的没有目标, 什么都想做, 却什么都做不好。而频繁的跳槽给企业造成了很大的损失, 让企业对应届生很不放心。

5. 只懂得索取, 不愿意多付出

生活在这个社会上, 你有付出才有索取的资格, 没有爱的付出, 就没有真心爱你的人, 没有汗水的付出, 就没有收获时的喜悦, 同样, 如果没有工作的付出, 你就没有好的收入和待遇。然而有些应届生只在乎自己的待遇和工作环境, 在工作上却不愿多付出, 总抱怨比别人干得多, 多做一些都不愿意。但企业是看成绩的, 没绩效企业干嘛养着你。

6. 有很多不良的习惯, 不遵守纪律

一些应届生工作后依然像在学校那样, 不遵守纪律, 不服从上级的管理, 一副不受约束的样子。他们经常迟到, 还会无故不来上班, 甚至喜欢在公司里惹是生非。而且他们也有一些不良的

习惯，比如在公司里抽烟，不分场合与异性打闹，不修边幅等。

7. 工作时间煲电话粥、频繁发短信。

这是最让企业头疼的事情，一些新员工特别喜欢在上班期间打电话、发短信，这样他们无法把精力用在工作上，还会消耗过多的工作时间。有一个老板甚至这样调侃："我那个员工在电脑上打的字还没有她在手机上发短信打的字多。"

总而言之，应届生在面对企业的无情和冷漠时，当他们不给你面试的机会时，你不要一味地抱怨，一方面，你应该把更多的精力用在经验和能力的培养上，放下架子到愿意接受你的企业去锻炼自己；另一方面，要改掉自己的坏习惯，踏实工作，敢于吃苦，遵守纪律，学会成熟稳重，努力使自己成为老板眼中的好员工，同事眼中的好同事。等你成为一个真正的人才时，我想没哪个公司会把你拒之门外的。

把小公司当成你的"培训基地"

某高校计算机专业的刘淼去参加招聘会，会场里人头攒动，把小小的过道挤得水泄不通，其中有一脸稚气的应届生，也有满脸稳重自信的老江湖（有几年工作经验的人）。刘淼在人群里穿来钻去，来到一家国内著名网站公司的招聘柜台前，认真看着上面的招聘条件，除了上面对经验的要求外，其他条件她都符合。

经过再三考虑，刘淼将自己的简历递给了招聘人员，有做了一番简单的自我介绍，招聘人员拿着她的简历粗略看了看，也没有抬头听她的介绍。刘淼说完，那个招聘人员才抬头扶着眼镜框看她，并淡淡说了句："你今年刚毕业啊？以前做过类似的工作吗？"刘淼带着歉意说："是的，我刚毕业，还没有工作过，但贵公司只要给我一个机会，我一定会把工作做到最好。"

招聘人员低下头说了句："明天我们有个集中面试，你来试试吧。"刘淼问道："那你觉得我的条件能胜出吗？"招聘人员不耐烦地说："这个我们要进行筛选！"刘淼说道："那好吧，明天准时去。"

之后，刘淼又来到一小公司的柜台前，她看了看招聘条件，除了薪水低外，该公司要求不高，没有太多的经验限制。刘淼递上了自己简历，招聘人员看过后，显得十分热情，让刘淼坐下，一边看简历一边说："我们公司正缺少你们这样的本科人才，如果你同意，明天就可以来上班，我们会给你一个很好的发展空间。但我们是小公司，目前只能给你1500元，也没有保险之类的。"刘淼有些失落地说："我考虑一下吧。"

刘淼回到家后很迷惑，她不知道自己该去那家大公司面试，还是去那家小公司上班，而且两家公司都让同一天去，必须做一个选择才行。如果去大公司她缺乏经验，而且很多人去面试，她能够胜出的把握不大，而去那家小公司虽然有很大的把握，也受重视，但该公司的薪水和待遇都不好。深思熟虑后，她第二天去了那家大公司面试，觉得更应该去大公司发展，结果她没有通过面试。

对应届生和"虾米青年"而言，到大公司还是去小公司是一个很困惑的事情，但他们似乎都很羡慕那些大公司，大多数应聘者仍将目光瞄准那些大企业、大公司，而小公司却很少有人问津。一家小公司的招聘人员告诉记者，他一个上午只收到一份简历，而且还不是他们要求的"专业对口"型学生。

对应届大学生来说，大公司吸引他们的地方主要有：规范的用人机制、明快的办事作风以及先进的管理理念和方法。在这样的公司里会有很大的发展空间，对自己职业的发展很有帮助。更重要的是大公司薪水高，待遇也不错，很少会有欺诈的行为发生，去这样的公司让他们有安全感。

但现实的情况大公司你是很难进去的，我们在上节中讲道很多大公司对学历、经验、能力都有过高的要求，没经验的应届生难以进去，没学历优势的"虾米青年"更难进去。而且很多人都选择大公司，造成大公司的岗位竞争激烈。再说，大公司也有不好的地方，比如制度过于严格缺乏人性化，最高层和普通员工很难面对面沟通，你的喜怒哀乐最高层是感受不到的，一切靠的都是制度，还有，你在大公司很难全面锻炼自己，你只能从事某一项工作，或者只待在一个部门里，其他部门难以接触。

在这种情况下，选择小公司虽说有些无奈，却是一条必须要走的路。大公司不给你机会，你难道就不工作了吗？既然大公司不给你机会，说你没经验，你就应该到小公司去锻炼自己，如今"在小公司锻炼、积累经验，把那里当成自己的培训基地，经过培训再跳槽去大公司发展"已经成为很多应届生和"虾米青年"的职业规划。

事实上，小公司有很多的优势。首先，小公司人际关系简单，合作多于竞争。小公司之所以小，就在于其员工比较少，相比大公司常要浪费时间在部门和人员协调上不同，小公司很多时候只有几个人甚至一个人来独立完成一个项目，在沟通和竞争上浪费的时间自然少了很多。

其次，老板和员工间接触的机会多，你的喜怒哀乐老板能切实感受到。而且小公司的人事结构一般都简单，你的建议和看法可以直接和老板交流，不会一个报告就石沉大海，无处查询。另外，耽误在层层审批上的时间和精力自然也少了很多，可以用更多的时间来安排工作、学习充电。

再者，小公司对能力的提升和经验积累有很大的帮助。在小公司，你可以得到老板的亲自指导，还可以从其他员工身上学到很多经验，这对你能力的提升有很大帮助。另外，小公司的摊子小，公司的各个环节的工作你都能了解，有时候你身兼数职，对你全面的发展很有帮助，也有利于你积累各种不同的工作经验。

还有就是，你可以被快速升职成为管理者，锻炼你的管理能力。小公司小，只要你干得出色，老板就会给你一个主任或总监类职位让你做，管理的人不是很多，但你可以学到很多东西，而在大公司你很难一步登天。

因此，很多聪明的应届生和"虾米青年"都选择了先去小公司锻炼自己，一是为了解决自己的生存问题，有份工作就有安全感，二是为了去锻炼自己，使自己在那个小小的空间快速成长。我们听听小公司女孩小婷的自白：

我目前还是一个"虾米青年"，在一家小公司上班，但我觉得不久后的一天我就可以成为一名白领丽人。我当初从一所不太知名的地方大学毕业后，就来京发展，本想去那些大公司施展拳脚，可一次次被拒绝门外。于是，我就选择了去小公司找份工作，虽然薪水低了些，但我一边学经验，一边充电，对未来充满了信心。

在这个公司里，我从普通的职员岗位上干起。我们公司为了节俭支出，许多人都是身兼多职，新进公司的我也不例外，既做文员，又跑外勤，还兼着勤杂工，工作挺忙，但却有一种充实的感觉。因为我的踏实、肯干，上司交给我的临时工作也比较多，既有与外部门打交道的工作，也有业务方面的，让我学到了很多东西，积累了各方面的经验和能力，我就这样一天天在进步中快乐成长。后来，老板提拔我做了主管，虽然是个芝麻官，但我很珍惜，干得特别卖力，也跟着老板偷学了很多为人处事的方法。

我认为在小公司里干也没有什么不好的，每个人都有不同的机遇，小公司里机会也存在，提升的机会似乎还更多一些，关键看自己怎么做。而且随着工作经验的积累，你一样可以获得工作的自信，为将来的跳槽做准备。

让你去小公司找份工作，不是让你这辈子就待着这里，何况鸡窝里藏不了金凤凰，雄鹰长大后必须到更高的地方去翱翔，你可以把小公司当成自己的"培训基地"，作为一个职业生涯的过渡期，一个向大公司进军的跳板。等你学到了经验，能力得到了提升，你完全可以和小公司说拜拜，去大公司寻找更大的发展空间，这虽然对小公司不太厚道，但市场化的竞争就是这样的。我们看这个故事：

金融危机的时候，小陈带着仅有的几百元钱和对未来的憧憬，去了广东寻找自己的梦想，目标都是一些大公司，但他出师不利，在发出了一封封简历后，没有一家回复他。为了节省开支，他只好住5元一天的旅店，每天就靠方便面和馒头充饥。过着比"虾米青年"还惨的生活。后来，小陈决心要改变应试策略，不能眼睛只盯住自己的会计专业，可以先找个小公司干着，学点经验很关键。

放低自己的目标后，小陈很快就进入一家小厂子做QC（质量控制）。工作了一段时间后他想，毕竟学习了那么多年会计，还是需要找专业对口的工作。那段时间，他一边在工厂上班，一边在报纸上找工作。后来，有一个小公司招聘会计，可薪水却不足千元，很多大学生都瞧不上，只有小陈想去尝试一下，他不想放过这个机会。

小陈成功通过了该公司的面试，在公司期间，他特别踏实，继续钻研会计方面的知识，还加强电脑方面的学习，不懂就问，在小公司磨炼了两年，他学到了很多经验和技术。有了"资本"后，他开始选择更大的发展空间——跳槽大公司。后来一切都那么顺利，他成功受聘于一家外资企业做会计，薪水翻了几番，还做到了会计主管的位置。

看了小陈的故事，我们应该明白小公司干好了，你就有了向大公司跳槽的资本。因此，不要因为大公司不给你机会就抱怨他们无情和冷漠，你何不到小公司去锻炼自己呢？那些所谓的成功人士，也是一步步这样走出来的，只要有机会你就要好好去把握，对一个年轻人而言，薪水和工作环境都是次要的，能学到东西才是主要的。

未雨绸缪，在校期间就要锻炼自己

通过前面几章的了解，我们知道如果一个应届生没有什么工作经验，就容易被企业拒之门外，使他们连投简历的机会都没有，更别说是面试了。难道大学生除了走"先到小公司去锻炼自己"这条路就没有别的办法了吗？有，倘若你在走出校门时就具备了一些工作经验，你就可以比其他人多一些胜出的机会，这条路就是在校期间锻炼自己的能力。

在大学期间，学生都以理论学习为主，但课本是无法告诉你具体的工作如何开展的，有些课本知识还与现实脱节，这也是为什么大家都抱怨大学里的东西到社会上根本用不到的原因。因此，你在学习理论知识的同时，还应该锻炼自己各个方面的能力，如沟通能力、协调能力、组织能力、指挥能力、管理能力，特别是完成一项具体事情的能力。

这期间，你可以根据自己的专业和爱好，有选择性地参加一些实践活动、社团活动，除了这些，课外兼职和参加一些实习也是很好的锻炼途径，比如兼职促销员、兼职网站维护、兼职图书编辑、兼职表演等，或者利用暑假到企业实习，这些兼职和实习对锻炼你的能力有很大帮助。

如今大学生兼职打工不再是稀罕事儿，据中国社会调查事务所的调查结果显示，大学生兼职的主要目的是：35％的大学生是为了增加收入；36％的大学生是想自食其力；29％的大学生认为要锻炼自己的能力，对报酬无所谓。随着社会的变革和思想观念的转变，大学生打工的形式开始变得异常丰富起来，22％的大学生选择网络公司；4％的大学生选择暑期教师；19％的大学生选择市场调研员；13％的大学生选择营销策划员；16％的大学生选择做志愿者；9％的大学生选择做促销；5％的大学生选择到快餐厅做钟点工；12％的大学生选择其他。

很多学生在大二就开始做一些兼职工作，例如在某招聘会上，有很多在校大学生前来找工作，虽然有一部分为了赚点生活费，但是更多的学生则是把兼职当成未来就业的"敲门砖"，想通过这份兼职锻炼自己，并积累相应的工作经验。一个女孩表示说："暑假在家闲着也是闲着，做做兼职可以积累经验。现在很多企业招聘都看工作经验，如果我在走出校门时就具有一点经验，肯定对我找工作很有帮助。比如，通过兼职我有了接触工作的机会，了解如何做好一件事情，知道了如何在一个公司里面应对各种复杂的关系。"

一些招聘人员也说："我们公司每年也招收大量的应届毕业生，这样的员工有朝气，可塑性强。但是，我们更欣赏那些在校期间有工作和实习经历、做过兼职或在学校社团组织中担任重要职务的学生。这样的人做事能力强，能很快地适应工作，而且他们有纪律，服从公司的领导。"

可见，在校期间好好锻炼自己是十分重要的，特别是做些与专业和爱好相关的兼职和实习，做这些不在于你能够赚多少钱，而在于为将来的工作做准备，使你毕业后在求职过程中占据有利位置。

那么，在校大学生如何去积累经验呢？以下这些可以作为参考。

1. 把实践课上好做好

在大学的课程里，学校除了教授课本的知识外，越来越多的学校开始注重培养学生的实践能力和动手能力，学校针对专业特点，会开设相关的实践课，或者由学校和老师组织一些实践活动。对于这些实践课，大学生应该认真对待，正视它的重要性，不要抱着玩的态度去对待它，你应该通过这些实践活动去锻炼自己，做到学以致用。

2. 参加学校社团活动

刚刚进入大学后，你一定会在校园里看到一张张精美的海报，一幅幅多彩的展板，各个学生社团在新学期开始自己的活动。高校学生社团是校园内非正式群体，是学生在学习、生活中依据兴趣爱好自愿组成，按照章程自主开展活动的学生组织，是大学校园文化建设的重要载体和高校第二课堂的重要组成部分。学生在参加的各种社团活动中，较好地发挥了自我管理、自我教育、自我服务，通过各种渠道达到了锻炼才干、增长知识、活跃思想、启迪思维、发展个性、实现价值的作用。

3. 利用课余时间到社会上锻炼自己

大学的课余时间丰富，每个星期都有两个周末，每年都有多个假期，如此算来你有半年多的自由时间可以去支配。对于这些时间，除了大部分用于学校外，不要把时间过多地浪费在恋爱、上网、游玩等事情上，你可以利用这些宝贵的时间到社会上参加一些活动来锻炼自己的能力。比如下面这些：

①. 参加社会公益性活动

这类的活动可能没有任何报酬，但能锻炼自己能力，广泛接触各种人，还能提高你的道德意识和责任感，另一方面也是培养你具备一定的组织和协调能力的方式。如红十字会员、青年志愿者、社区义工等工作。

②.参加一些公司的大型活动

很多公司在节日的时候会举行一些活动，需要大量的短期工作人员，作为课程不是很紧张的大学生，可考虑多去参加一些这样的商业活动。在这类活动中，大学生可充分感受到企业事务安排的计划性和流程的系统性，还有机会参与一些突发事件的处理，并尽可能与企业工作人员多接触，感受他们的工作作风和处事方法。

③.给身边有正式工作的熟人当助理

在你的亲戚或朋友圈里，也许有些人已经参加工作了，而且有自己的公司和企业，这时你可以主动帮助做一些助理的工作。这样，以后在简历述说中就可以说曾担任过某某企业某某管理人员的助理。

4. 利用假期到一些单位实习

很多学校在学生毕业的时候会安排到企业实习，如果学校没有安排，你也可以利用假期时间去找个单位实习。对于实习，你应该把它当成真正的工作来对待，从中学习和积累经验，了解企业运作。而且不少公司会挑选实习中的优秀者留下来成为公司的正式员工，这样的招募方式正被越来越多的跨国公司使用。

5. 通过一些兼职来磨炼自己

兼职对大学生而言就是一边学习，一边工作，不仅有收入，还可以接触各种不同的工作，找到自己喜欢的工作。适合大学生兼职的工作如下面这些：

①. 家教。

家教就是给一些家庭条件不错的孩子补习小学和中学的知识，或者给一些成人补习英语之类的。这类兼职适合某一门或几门学科功底扎实、善于沟通、讲解能力较好的同学。家教能帮助你巩固知识，还能锻炼讲课能力，对以后当老师、培训等工作有帮助。

②. 导游。

各大学所在城市都拥有丰富的旅游资源，在此背景下，导游慢慢成为大学生兼职"新贵"。在考取导游证之后即可联系旅行社开始带团。如此，你不仅能免费旅游，还可以锻炼你的组织能力和协调能力以及演讲能力。

③. 促销员。

优点：各企业多利用周末和假日进行产品促销，一般不与学习时间冲突。能锻炼与人沟通的口才能力。由于短期促销以在校大学生为主，可以结识很多同龄人朋友。缺点：有的促销劳动强度较大，需从早站到晚，要有一定耐力和体力。

④.礼仪。

这类的兼职薪水较高，能接触一些上层社会人，比如企业家、明星、官员等成功人士，在一定程度上会激发人的上进心。工作前一般要接受严格的形体培训，对自身形象塑造大有益处。缺点：越光鲜的舞台，背后的风险和要付出的代价就越大。如果没有足够的安全保障，一定要谨慎，拒绝诱惑，决绝潜规则。

⑤.翻译。

该兼职适合语言类专业学生，对外语水平要求高，口译还要求外貌端庄大方。优点：可以锻炼自己的外语水平，工作时间十分灵活。学习与赚钱同步进行，笔译在寒冬炎夏不需出门便可获得丰厚报酬。

⑥.商店的临时工。

这类工作临时性强，需要的技术也不多，只要肯吃苦就能够做好。比如肯德基、麦当劳等这些外国连锁店的服务人员或者一些酒吧等娱乐场所的服务生。你完全可以利用课余的时间来做，工作虽然简单，却能够锻炼你的应变能力以及与顾客的沟通能力。

⑦.兼职编辑及撰稿人。

这类工作最不受地点和办公环境的制约了，只要你有充裕的时间，有电脑能上网就可以办到，但关键你的文笔必须是一流的。比如网站编辑、手机报编辑、图书编辑、专栏撰稿人，这类工作就是对文字进行编辑加工，或者根据对方的需要进行创作。这类工作对提高写作能力很有帮助，毕业后可以应聘编辑、策划、文案等工作。

上面说了这么多，最后有必须强调的是，尽管大学生通过在校期间兼职、实习或其他社会活动可以锻炼自己，但社会是复杂和险恶的，有很多骗子和陷阱，骗财骗色的事情不少，有的甚至被骗入传销组织而走上违法犯罪的道路。如一个学生这样说："我暑假到一家饭店打工，还签了用工合同。假期结束了，可是饭店老板以种种理由拒付工资。我让老板打了欠条，工资现在还拖着。转眼十一黄金周快到了，学校里又贴满了兼职广告，兼职可一定要小心，别像我一样被骗了。"因此，大学生到社会上锻炼自己时千万要小心谨慎，注意安全，遇到危险及时报警，还要学会拿起法律的武器来保护自己的合法权益。

第六章

职场残酷进行曲，要低调也要高调

职场虽说不能像战场，但也充满了激烈的竞争和挑战，不像你在学校里那么和谐。首先，老板和员工不是老师和学生的关系。其次，同事间的友谊未必有同学间那么真诚。在畅销书《职场潜规则》里，我们看到了职场里必须遵守的各种潜规则，而在陆琪的《潜伏在办公室》里，我们明白了千万别被老板忽悠，要学会看穿他的"鬼把戏"。

因此，"虾米青年"要想获得好的发展，要想避免被其他人伤害，就应该适应残酷的职场竞争求得生存。在学会保护自己的同时，还要积极应对各种挑战，使自己成为职场的英雄。

在老员工面前，新人放低身段当学生

优优大学毕业找了半年的工作后，去了一家广告公司做市场推广。公司不大，薪水也不高，但优优十分珍惜这份工作，想在这里好好施展自己的才能，她有信心成为一个出色的员工。

在公司里，大部分人都是老员工，除了几个爱搭讪的年轻男同事外，一些女员工和上了年纪的人都显得特别傲气，一副爱理不理的样子，还喜欢在新员工面前拿架子，把自己当功臣一样看待。优优对他们却不屑一顾，暗暗地说："有什么了不起的，不就是比我多来几年几个月吗，牛气什么。等着吧，你们未必有我干得好！"

然而，在公司里待了一段时间后，优优的自信褪去了一大半。当她真正去做一项工作的时候，才明白"说起来容易做起来难的道理"，她在课堂里学到的东西在公司里根本运用不上，而且很多事情都是老师没有讲到的。一个半月来，优优没有一点工作业绩，经常被老板批评，她仿佛还看到了一些老员工得意的目光。有时候那些老员工有了业绩，还会故意在她面前炫耀。

那些日子，优优每天早晨来到公司后都不知道该做些什么，看到那些老员工忙忙碌碌，她有些羡慕了。上班后，优优总是傻傻地坐在那里等待着老板分配任务，她没有多少客户资源，也不知道该怎么去开发客户，心里特别着急，真的想知道那些老员工是如何开展工作的，又是如何与客户进行沟通的，但出于维护自尊心，她不想低声下气求教他们。而且，优优在这个公司里有些不合群，再加上白天大家都在外边跑，她平时很少与老员工在一起说笑、聊天，因此，她显得孤独和清高。

后来，老板见优优老是没业绩，就有些不耐烦了，他找了个老员工带优优，并严厉警告说："如果这个月再没有业绩，你就可以走人了！"优优很害怕丢掉这个来之不易的饭碗，马上答应会好好地跟着老员工学。

不过那个老员工平时比较忙，等他有些空闲时间时，优优就向他求教问题，但是，对方每次都是那张阴沉的脸，两人在一起工作时还吵过一次。这就形成恶性循环，优优不敢问，而带他的老员工也懒得教她。一个月后，优优依然没有业绩，只好离开了这家公司。

优优的遭遇是绝大数新员工都会遇到的情况，新员工如何与老员工相处，如何向他们学习经验是一个必须面对的问题。任何人走入社会都必须从一个新员工做起，从而慢慢地成长到一个老员工，这期间必须有一个学习的过程。特别是刚毕业的大学生，无论你学历多高，知识多渊博，也要从一个新员工做起。

再者，一个人未必一辈子只干一份工作，跳槽到新的领域是很正常的事情。在这个新领域里，无论你有多少年龄优势，无论你曾经在某个行业里取得过多么非凡的成就。你都是新人，任何人都比你有经验，任何人都比你更了解这个公司。

可是，有些新员工却很难认清自己新人的身份，他们或者在老员工面前特别傲气，觉得自己学历高，就不把学历低的老员工放在眼里，或者自尊心特别强，不想放下身段当学生，或者与老员工的关系处得不好，经常唱对台戏。

但是，无论你内心是多么不情愿，多么看不惯那些老员工，你都必须放下身段当学生，因为你是新人，因为老员工比你懂得多，不好好学，你就会像优优一样黯然离开！其实，无论放在各行各业都是这样。过去在工厂新人必须有个师傅带着你；想拍电影就得给导演打杂当助理；在部队里新兵要想成为好兵，必须向老兵学习。

更重要的是，老板是不讲情面的，你没有工作业绩他就不高兴，然而一个新员工要想在短时间靠自己能力获得业绩是困难的，很多工作你没有头绪，一些具体的工作你无法下手，复杂人际关系你也摸不透，在这种情况下你要靠老员工的指点才能获得进步，有了业绩你才能得到老板赏识，并保住你的饭碗。

可能在刚开始的时候，老员工不那么好相处，他们居功自傲、态度傲慢，喜欢挑你的毛病，或在背后议论你、疏远你，甚至会经常"欺负"你，把你呼来唤去，去做很多分外的事情。但不能因此而把自己孤立起来，放弃学习的机会，这对你的发展是很不利的。其实，只要你带着真诚的态度去讨教，用你的热情去感动他们，学会主动吃亏，慢慢的，他们就会接受你，并成为很好的朋友。我们看这个故事：

　　陈卫平大学毕业后去了一家文化公司工作，到那家公司后，他发现那里男同志特别少，放眼望去是一群女孩和女士。他们的主任是女同志，下面是一群美女职员，排版的是女孩，打字的是女孩，发行部的也有女孩。

　　陈卫平当时刚从大学里出来，没工作经验也没有社会经验，再加上是新来的员工，所以在公司里十分小心。为了能融入这个公司并向那些老员工学习经验，他放下男生的面子，把自己当成一个学生。在工作中如果遇到什么不懂的地方，他总是虚心向那些女孩请教，还经常和女孩聊天，从中了解办公室的潜规则和各种复杂的关系。

　　为了与老员工处好，陈卫平还学会主动吃亏。由于公司里的女孩都是老员工，都不爱主动打扫卫生，陈卫平来了就成为了大家的卫生专员，公司里有什么工作之外的活也被卫平包了，就连买早餐和午饭也常常是陈卫平跑腿。工作上也是如此，如果哪个女同事有一时难以完成的任务都会找卫平帮忙。此外，如果陈卫平与哪个女同事发生了矛盾，也忍着不去发脾气。但是，卫平吃亏不是傻，而是一种智慧。这种吃亏让他快速融入了这个新集体，拉近了与女同事间的距离，也赢得了她们的好感，后来还成为了很好的朋友。而且他在吃亏中也学到了很多做人的哲学和处事的方法。

　　陈卫平在做了一段时间的"学生"后，从那些老员工身上学到了很多工作经验，能力大大提升。一年后，他出色的表现还赢得了老板的赞赏，那时女同事也不欺负他了，他已经成为她们的小领导，最后还把一个美女编辑追到了手。

陈卫平的故事教会我们，当一个应届生第一天上班，当一个"虾米青年"转行到一家新公司时，他应该如何与老员工相处并学习经验。归纳起来，我们提出如下建议：

1. 在老员工面前态度热情一些

平时对那些老员工态度要热情一些，即便老员工对你的态度不好，你也不要去计较，心胸开阔一些，要学会忍受。如果他年长，就像对待长辈一样对待他；如果比你年龄小，不要直呼他的名字，可以省去姓氏，这样显得亲切；如果你们同龄，就别叫他的"外号"，也不能在众人面前和他开玩笑。平常见面要热情打招呼，他们生病的时候要嘘寒问暖，他们不高兴时不要惹他们烦……

2. 自己必须主动，认真请教

平时大家工作都比较忙，你可以主动要求一些事情做，然后利用下班或者快下班的时候，跟老员工一起讨论你做的这件事，并听听老员工对你做这件事情的评价，以及他的思路是怎么样的，并主动思考自己要怎么改进。在每一天上班之前，你可以先把自己的工作安排发给老员工看看，让他给你一些指点。此外，对于他们的批评你要虚心接受，你可以不同意，但不要当着他的面反驳，只要是正确的，就要及时改正。

3. 遇到问题多询问，别干着急

如果在工作中遇到一些难解的事情，不要留着，也不要一个人干着急，那样会浪费很多时间，这时你就可以询问老员工该如何处理。当然，对于自己能够独立解决的事情，就不要再麻烦老员工了，你必须有自己的判断力。

4. 积极融入老员工的圈子里去

新员工面对陌生的职场环境，心理上往往会出现一段时期的"社交空窗"，在潜意识里把自己固定在新人的角色上，在处理人际关系时，容易拘谨、害羞、多疑和无所适从，总感觉自己不受欢迎。其实这种顾虑是完全没有必要的，要想多学经验，你就要积极主动地和老员工交流谈心、交往，使自己也慢慢成为这个圈子里的一员。

5. 在工作中善于观察、分析对比

除了向老员工学习和讨教，你还应该在工作中多观察老员工，看他们是如何工作的，有哪些技巧，如何处理人际关系，如何与老板打交道。你要在观察中默默思考和学习，还要学会分析对比，找出自己不足的地方。

学会忍受那些你不喜欢的人和事

有三个网友这样抱怨：

A 网友：

我今年 22 出头，刚参加工作没多久，可我发现自己的生活里一下子有很多苦恼的事情，人际关系处理得不好，在办公室就是一个不受人待见的异类，而且公司里的很多事情我都看不惯，心里不高兴总想说两句。

有些人我的确很讨厌他们，我不会伪装，吃亏的时候喜欢与别人大吵大闹，于是，就有人说我有点不合群。哎！真是不知道该怎么面对这些讨厌的人和事，我真希望那些人能够好好改改自己，起码让我看得惯。受气的时候，我真想辞职离开这个鬼地方，可我又不想失去这份来之不易的工作，好苦恼啊！

B 网友：

我公司里有一个很讨厌的"老头儿"（长得有点老气），满脸的疙瘩，一点都谈不上帅，比一般还一般，但他经常对着镜子臭美，看见他我就烦！烦！烦！可气的是，我们在一个部门里，而且他就坐在我的对面，抬头不见低头见，还必须和他搭档才能工作。但我很不情愿，有时候还故意以不合作的态度回击他。不过我却遭到了老板的批评，一次和那个男的闹情绪，结果失去了一个项目，我最后也被老板开除了……

C网友：

我有一份不如意的工作，迫于生活压力想辞却没勇气，可是每天上班都好像是煎熬，而且还有我最讨厌的两个人，一个是头儿，一个是"春哥"一样的女人。我讨厌他们的管理方式，讨厌他们业务不精，讨厌他们不分青红皂白批评我……我真的很讨厌他们，经常和他们赌气，我应该怎么跟他们相处？谁能告诉我？

很多职场新人都会有这样的抱怨，这很大程度上是性格使然，但更多时是跟一个人的职场心态是否成熟有关。一个职场心态成熟的人，无论面对自己讨厌的同事还是不喜欢的老板，哪怕做自己不想干的工作，他都会收起自己的情绪，坦然去面对。

然而，某些职场新人却依然保持着学生时代的个性和做事方法，他们会旗帜鲜明地展现自己的憎恶和喜好。比如，他们无法接受别人的缺点，这个不喜欢，那个看不惯，不想和自己讨厌的人在一起工作相处，会把自己的情绪写在脸上，缺乏足够的忍耐力。

在这种心态下，他们难以把工作做好，还常会与别人闹矛盾，把人际关系弄得很僵，成为公司里的另类，让很多人都敬而远之。这样的员工不仅同事不待见，老板也不喜欢。因为老板看中的是你的工作表现，你喜欢谁、讨厌谁与他不相干，你在这个位置上坐着，就必须把自己的工作做好，做不好你就得走人。

在职场中，你要学会与自己不喜欢的人相处合作，做那些自己并不喜欢但又必须要做的工作，这是生存之道，更是为人处世必修的一门功课。因为工作不是交朋友，不能喜欢就来往，讨厌就离远些，它是不能随心所欲的，由不得你去任性。工作就是工作，它不会按着你的要求来，无论你的同事讨人厌还是讨人喜欢，你都得去面对他们。何况你们都生活在一个屋檐下，抬头不见低头见，你一天中的一半时间都要和他们相处，甚于多过你和爱人、父母、朋友在一起的时间，拒绝他们就是孤立自己。

也不要以"跳槽"作为逃避的方式，无论你到哪里工作，你都会遇到自己不喜欢的人，这个世界不会按照你的想法而变得完美，你只能去适应生存法则，也不能期望他人会因为你的不满而改变。你要学会忍受别人的缺点，掌握与他们相处的方法，哪怕是伪装自己，甚至让自己受点小委屈。

因此，你应该表现出真诚的态度去对待每一个人，包括自己不喜欢的人、厌恶的人。即便你在心中把那人骂个千百遍，但工作的时候，他就是你的同事、你的老板、你的顾客、你的合作对象，这些人都要认真对待，不得把个人的情绪带到工作中去。这不是一种逃避和妥协，而是积极的工作态度。这样的人有胸怀、成熟干练、稳重大方，能得到对方的信任和拥护，还能够在职场中游刃有余。

一些职场新人在经历一段的"幼稚"期后，慢慢地成熟起来，学会调整自己去面对那些不喜欢的人和事。比如下面这个女孩：

江雪新到一个公司工作，在新的同事中，有几个令人讨厌的人。其中一个，别人跟她说话她像没听见，有时甚至当对方是透明人一样，仿佛一个瞎子兼聋子。但是她和男同事说笑起来就完全是另外一个人，显得很热情。还有一个人也是这样，对领导和男同事都好，但是对江雪却冷冰冰的。江雪真的很讨厌她们，觉得对方这是在孤立自己，不把江雪这个新人放在眼里，肚子里憋着火气，想发泄。

但江雪并没有把自己对她们的厌恶感表现出来，她尽量维系良好的同事关系，不想一到公司就把人际关系搞僵，江雪调整自己的心态，用积极的态度去工作，在与她们合作时也保持自己的微笑。"也许你会说我在伪装自己，但为了工作能有什么办法呢！"江雪说

由于她的工作态度认真，进步很快，经常得到老板的表扬，但江雪并没有因此而骄傲，依然保持低调，努力与那些人处理好关系。后来她发现，只要自己热情，没有人会永远对人冷漠，对方的态度总会变的，当初那些讨厌她也让她讨厌的人，后来竟然成为了朋友。

可见，要想在职场道路上有一个好的发展，调整自己是关键。那么该如何做到这点呢？建议如下：

1. 职场交往没有敌人，每个同事都交往

一个公司就是一个集体，大家朝夕相处，不能成为好朋友，也不要成为敌人，所以不要孤立别人，也不要孤立自己，你必须敞开胸怀，广交朋友，要善于和自己性格、气质不同的人想处。还要学会理解对方，求同存异，这样才能扩大交际面，广泛进行合作。

2. 接受别人的缺点，发现别人的优点

每个人都有自己的缺点，也有自己的优点，你很难找到一个完美无缺的人。对于别人的缺点，只要对方不伤害你，就要多些宽容，接受别人的这种缺点。同时不要总把目光盯在别人的缺点上，你要善于发现别人的优点，敢于承认别人比自己强，并不断向他们学习，如此才能让自己逐渐强大起来，并最终缩小自己和他人的差距。

3. 敢于接受别人的批评和指责

每个人都是有缺点的，都有犯错误的时候，如果拒绝别人指责，那你永远都不会有进步。每个人都是在别人的指责与批评中找到自己的不足从而进步的。所以不要拒绝别人的批评与指责，要把它当作是完善自己的良药，要敢于承认错误，并及时改正错误。

4. 不要试图去改变你不喜欢的人

每个人的性格、思想和喜好都不一样，做事情的方法也不一样，你不能拿自己的原则和世界观去评价别人的好和坏，说不定别人也同样不喜欢你、厌恶你。而且，好与坏的标准谁都说不清，你不喜欢的人，也许在其他同事眼中却是最可爱的人。因此不要试图去改变你不喜欢的人，只要不是谈恋爱，没几个人会因为你的不喜欢而改变。这个时候我们就需要改变我们自己，改变自己要比改变别人容易得多。只要你真心实意地想把自己改变，那是很容易做到的，关键就看你能不能坚持下来了。

5. 不要带着情绪工作

你讨厌一个人，就在心里默默讨厌好了，不要把自己的不满发泄在工作中。我们要在工作中学会克制，因为带着情绪工作，往往会导致工作失误。你认真的对待自己的工作，尽职尽责地完成每一项任务，任何事都做到对事不对人，该配合的时候一定配合，哪怕不是自己的份内事。

要懂得掩盖自己的聪明与锋芒

中庸是孔子和儒家的重要思想。中庸之道的主题思想是教育人们自觉地进行自我修养、自我监督、自我教育、自我完善，把自己培养成为具有理想人格，达到至善、至仁、至诚、至道、至德、至圣、合外内之道的理想人物，共创"致中和天地位焉万物育焉"的"太平和合"境界。

事实上，中庸之道体现了一种不偏不倚的平常道理。中庸之道又被理解为"中道"，"中道"就是不偏于对立双方的任何一方，使双方保持均衡状态；中庸之道还可以称为"中行"，"中行"是说人的举止、德行都不偏于任何一方，对立的双方互相牵制，互相补充；中庸之道还可以说成内敛含蓄，这样的人锋芒不外露，做事低调，从来不张扬自己，他们是真正的大智若愚者。总之，中庸是一种折中调和的思想。

中庸之道作为中国传统的处事原则，存在着很大的争议性，比如这样的人胆小怕事，态度不坚定，没个性，难以成为英雄。在政治斗争中，过于中庸的人都是"左派"的代表，他们保守固执，总是考虑各个集团的利益，没有冒险精神。但在中国这样复杂的人际交往中，特别是职场中，一定的中庸之道十分有必要，职场中的中庸之道其实是对自己的保护，更是为了有效地开展自己的工作。如果你过于个性化，对自己是很不利的。比如枪打出头鸟，当你处于风口浪尖时，也是你最危险的时候。还比如，你看不惯一些潜规则，就想破了这个规矩，让自己特立独行，那么你很可能会被边缘化。

职场中的中庸之道很多，但有一种却是很重要的，那就是"糊涂做人"。"糊涂"原本是贬义词，但在职场相处中，却可以成为褒义词，这是一种智慧的"糊涂"，表面上看上去他一无所知，有点傻和愚笨，其实他都知道，也很聪明，只是不想说不想展示罢了。这样做不容易得罪人，也不太招摇，总能让自己处于有利的位置，获得一个安全的生存空间。下面就介绍两种"糊涂"。

1. 装聋作哑的"糊涂"之道

清代画家郑板桥有一句经典名言，叫"难得糊涂"。他告诉人们，在这个世界上生存，在一些小是小非面前，在一些鸡毛蒜皮的事面前，睁一只眼，闭一只眼不较真，"糊涂"点，才会善莫大焉，才不会因小失大。在职场也需要一种装聋作哑式的"糊涂"，就是有些东西自己明明听到了却要装聋子，比如同事A对B很不满，在背后骂他恰巧被你听见，这时要装聋子，你没有必要再说给B听；有些事情看见了却要装瞎子，比如你看见老板和某个女员工的那些破事，看见了就要当瞎子，千万不要给老板制造绯闻；有些事情知道了却要装哑巴，比如老板见你表现不错，单独给你涨了工资，这时就要装哑巴，不要在别人面前炫耀。

　　装聋作哑看起来过于中庸，也有点圆滑世故，但你不这样做肯定会两边都不讨好，弄得自己里外都不是人，所以，只要不是原则上的大问题，比如杀人放火、坑蒙拐骗，或者那人给公司带来重大损失等必须要挺身而出时，该"糊涂"时就要"糊涂"一些，不该说的不说，不该做的不做。

　　除了上面提到的一些，下面这些情况也可以装装"糊涂"：

　　①.一个女同事被男朋友甩了，她十分伤心，只把这个秘密告诉了你。你若真的关心她，就不要再告诉第三个人她"被分手"的消息。

　　②.公司里规定员工间不得谈恋爱，也不得结婚，发现后就开除。当你知道某某和某某在公司里是地下恋人时，只要他们不影响工作，就保守这个秘密吧。制度有时很无情，但我们尽量要厚道一些。

　　③.某个员工平时上班很准时，但有一天因为堵车来晚了一个小时，只要老板没看见，你就没必要告状惩罚他。

　　④.某员工平时工作很认真，一次却因为疏忽出错，只要没给公司造成损失，就别向老板打小报告了。你可以善意提醒他，给他一个改正的机会。

　　⑤.你不小心看到了某个员工的"囧事"，而且只有你一个人知道时，就不要到处去说，你让别人没面子，你自己未必能得到好处，说不定对方还会嫉恨你。

2. 不对着干的"糊涂"之道

在职场中，有些人争强好斗，还有些人爱找茬，喜欢与别人吵架的感觉，这种情况下同样有个性的人就会一比高下，或者与其对着干，非要占上风才行，不然就在众人面前特别没面子。

其实，你没有必要和他对着干，你可以装"糊涂"，对他的挑衅无动于衷，不正面回应他，就当平常一样对他，时间长了他自己都会觉得没意思，不会再纠缠你。如果他还一再挑衅，只会凸显他的好斗与无理取闹罢了，而你沉默和冷静就显得你特别有内涵，你就会得到周围人的赞同，那人则会受到指责，那时他就老实了。

我们看这个故事：

陈梅在公司里与周围人相处得不错，对人热情大方，脸上总是挂着淡淡的微笑。有一年，公司里来了一个爱找茬的女同事，她谁都看不惯，经常和别人发生矛盾，一些人在她主动攻击下，不是辞职就是请调，见了她都躲得远远的。

那位好斗的女同事再也找不到对手时，就把目光投向了善良的陈梅。有一天，好斗女同事因为一点小事就和陈梅大吵大闹，谁知陈梅只是默默笑着，没正面回应她，只偶尔回一句"啊"？然后继续认真做自己的工作。陈梅的装"糊涂"比大吵大闹更有威力，因为她保持了自己善良的形象，而那个女的却像一个泼妇一样可笑。在大家的指责声中，那个女同事气得满脸通红，一句话也说不出来。没过多久，就被老板解聘了。

如果陈梅不装"糊涂"，而是像其他人一样和这个不讲理的人对着干，最后的结果可能是两败俱伤，还不如装"糊涂"少一些不必要的争执。

3. 大智若愚的"糊涂"之道

"谦虚使人进步，骄傲使人落后"，这是很多朋友都认同的道理。在战争中，则体现为骄兵必败。战场如此，生活中亦是如此。做人要低调一些，本事不是拿来炫耀的，而且中庸之道也提倡锋芒不必太外露，这是修养，更是聪明人装"糊涂"的做法。

老子也曾说过，"大巧若拙，大辩若讷"。这句话的意思是：最聪明的人、真正有本事的人，虽然有才华学识，但平时像个呆子，不自作聪明；虽然能言善辩，但好像不会讲话一样。韬光养晦，收敛锋芒，隐藏才能行迹，使对方被假象所迷惑，而不被对手注意自己的存在，以免遭不测。

比如，《三国演义》里有"青梅煮酒论英雄"的故事：刘备起兵之初，寄曹操篱下。曹操将英雄比作龙："龙能大能小，能升能隐；大则兴云吐雾，小则隐介藏形；升则飞腾于宇宙之间，隐则潜伏于波涛之内。"曹操的试探，刘备固然知晓，于是在曹操面前装疯卖傻，表现出一个无所作为的假象，最终以弱胜强，奠定了三足鼎立的局势。

刘备装糊涂保全了自己，而其他一些锋芒外露者惹祸招灾却大有人在！曾国藩对"藏锋"有过精辟论述："言多招祸，行多有辱；傲者人之殃，慕者退邪兵；为君藏锋，可以及远；为臣藏锋，可以及大；讷于言，慎于行，乃吉凶安危之关，成败存灭之键也！"

历史上总有一些因锋芒外露而招来是非的旧事，职场中也是如此。有道是枪打出头鸟，出头的椽子容易烂。锋芒外露，在交友、处世方面都不利。那些自恃满腹经纶，在人前口若悬河的人，人们难免将他视为狂妄自大之徒。

而低调之人从不炫耀自己的才能，他们在装"糊涂"中享受安静的生活，安安心心做自己的事情，从而不受外界的干扰。这不是城府深，也不是心眼多，这是为人处事的正确方法，是防范小人的必要手段。尤其在风云变幻的职场，更需要装"糊涂"的做人，时时谦虚，事事谨慎，才能获得人脉与人缘。

但藏而不露装"糊涂"，并非不露，"糊涂"只是掩饰。易经上说："君子藏器于身，待时而动。"你可以在该出手时再出手，比如一个很好的职位等待你，这时就不要退缩了，抓住机会大胆去竞争，比如老板交给你一个艰巨的任务，你就必须把自己的才能都展示出来！

一边做老板红人，一边"不脱离群众"

在复杂的职场关系中，一个员工应该与老板、同事哪方走得近些是个热议的话题，大家众说纷纭，没有一致的意见。不过，有相当多的人觉得，要想在公司里混得好、保住饭碗、拿高薪，你就与老板走得近一些，要让老板喜欢，成为他身边的红人。这是最现实的，老板或主管是公司的主人和管家，与他走得近才能对自己有利，反之就不利自己的发展。

比如一个人这样抱怨说：

我在一个广告公司上班，有个女同事与我关系不好，但她却是主管身边的红人，经常找机会整我。由于我生性耿直，不会阿谀奉承，主管也不怎么喜欢我，只要我工作做得不够好，就会批评我，一点情面都没有。

一次，我和那个女同事因为工作上的事情发生了争执，我们互不相让，十分生气的她就到主管面前唠叨我的不是。主管听信了她的话，认为一切都是我的错，我辩解他却不理不睬，说不想干可以走人。

我觉得自己特别委屈，难道要在公司混得好必须要和老板和主管搞好关系吗？但现实就是这样，主管喜欢拍他马屁的女人，却不喜欢真性情的我，真的好苦恼。

但若和老板走得太近，你同样会遇到很多烦恼。你周围的同事肯定会有意见，甚至看不惯你的行为。比如，他们会用异样的目光看你，在背后嘲笑你，对你指指点点，说你太功利，会拍马屁等等。是男孩还好些，女孩就容易扯上男女关系，同事会给你制造出绯闻来，议论你和老板有一腿，为前程甘愿被潜规则等等。

渐渐的你会发现，大家开始疏远和孤立你了，把你当成"老板的人"来看待，不再与你站在同一条战线上，如同对待"外人"一样。他们在你面前不是客客气气的，就是带着鄙夷的目光。这个时候，有些胆小的员工，说话时变得很谨慎，做事情也小心翼翼的。就算曾经与你关系好的同事，也改变了对你的态度，不会再与你敞开心扉说心里话了，更不敢在你面前抱怨老板的不是。因为他们都怕你在老板面前打小报告，担心会受到老板的惩罚，另一方面他们觉得你在老板那里得到便宜，心里特别不平衡。

我们看这个故事：

玲玲学的是新闻专业，毕业后顺利进入了一家传媒公司工作。由于是新员工，她刚来公司那会儿和大家相处的很好，总是把那些老员工称为老师，努力向他们学习。她在年轻职员面前也特别谦虚，热情和他们相处，后来有很多女孩都成为了她的闺蜜，她们走得很近，喜欢在下班后讨论各种公司的小道消息，日子过得很快乐。

玲玲在公司里进步很快，她的出色表现受到了老板的青睐，顺利过了试用期，并签了劳动合同。后来，一个公务员朋友告诉她说："你在公司里要搞好与领导的关系，最好成为老板身边的红人，这样才能有更大的发展空间，比如升职和加薪。"

玲玲听了朋友的指点后，"深受启发"，她开始想办法成为老板身边的红人，让老板喜欢自己，再加上老板是个男的，喜欢与年轻漂亮的玲玲谈工作，因此两人经常在一起出差，工作之外和经常单独在一起吃饭泡吧。她明显能感到老板的暧昧，可她并不喜欢这个老男人，为了工作只好保持这种暧昧。

当玲玲成为老板的红人后，她与同事们在一起的时间就少了，而且公司里还到处流传她和老板的绯闻和小道消息。玲玲没在乎这些，觉得自己和老板并没有见不得人的事情，只是平时走得近一些罢了，随那些人说去吧，清者自清。

过了一段时间，她发现大家都疏远了自己，昔日的好朋友在客气中与她保持一定的距离，那些受到老板批评的人总是看她不顺眼，怀疑她在老板面前打小报告。其中有个女生和她在一个团队里，不知道是出于什么原因，对她特别不友好，总是说一些冷嘲热讽的话，还告诉另外两个女生离她远点。

玲玲虽然和老板处得不错，但她失去了大家的友善，担心有一天谁会陷害自己。她在公司里越来越孤单，还经常与其他人吵架。在以后的日子里，她的心情很差，导致工作中经常出错，老板渐渐冷漠了她，有时候还批评她太笨。一年后，她离开了这个公司。

看来处理职场关系是件很复杂的事情，并不是和领导搞好了关系就可以鲤鱼跳龙门了，如果池塘里的水不喜欢你，你还有力气跳吗？所以一个人不要脱离疏远自己同事，必须和自己的同事搞好关系，就像我们平常说的不能脱离群众和集体一样。

首先，你在工作离不开同事的合作与帮忙，你个人能力再强，没有团队的合作，你的能力也无从发挥。如果大家都能积极的帮助你，配合你的工作，你的业绩才能大大提升。其次，若是大家都不喜欢你，疏远你，你还有什么快乐可言。如果你成为老板红人的同时，又能成为大家都好朋友，这样的生活一定是快乐的。

在上节中我们讲道了中庸之道，在处理老板和同事间的关系时，这点同样重要。你应该在和老板搞好关系的同时，还要和同事维持好关系，两手都要抓，让双方都喜欢你。老板面前你要做他最信赖的员工，成为他身边的红人。在同事面前，你要谦虚低调，不要把老板对你的好当成一个炫耀的资本，不打小报告、不报复，而是尽量去帮助别人，对别人热情一些，还有点义气，对老板的忠诚要有所保留等等。

具体而言，你可以从下面几点做起：

1. 成为老板最贴心的员工

在老板面前，你要做老板最贴心的人，给他建言献策。对于公司存在的问题，你要大胆提出来，以一个员工的观点谈谈自己的看法。其实老板是很想知道群众员工的声音的，更想了解下边的真实情况如何，而你最了解群众，你的建议对老板的决策很有帮助。

2. 不要把老板给的好处到处炫耀

有些老板是很在乎员工情绪的，若单独对某个员工好，就怕其他员工有意见，抱怨不够公平。如果你在这种情况下到处炫耀老板对你的好，会令老板很难堪，同时也会让同事嫉妒你，甚至是记恨。因此，得到好处不要乱说。

3. 把握好与老板暧昧的关系

这里的暧昧不是指男女关系，而是让异性老板对你有点好感。适当的暧昧可以有，这样能拉近彼此的距离，对开展自己的工作很有利。当然若把握不好这个度，就成真的男女关系了，你们太过于暧昧，就会闹出绯闻来，还会影响你的家庭。要想把握好暧昧，首先，你要坚定自己的底线，不要和老板有任何过于亲密的动作和言语。其次，表明自己不是一个随便的人，让老板学会尊重你。最后，不要给老板任何可乘的机会，若是老板有非分的要求，要严厉大胆拒绝。

4. 不要什么话都告诉老板

成为老板的红人后，你不要为了自己的小利益打小报告，你要继续和同事搞好关系，让他们觉得你可以信任。因此，在老板面前有些话可以说，但有些话要保留。对于那些没有给公司造成影响的小事就没有必要说，就算某些同事的确存在一些问题，你在向老板反映问题时，不要指名道姓，你要针对问题不针对人。

5. 尽自己所能反映同事的诉求

在公司里，你未必要成为员工的代言人，带头向老板叫板，那样很可能得罪老板，还会让老板很没面子。如果你在小公司，你可以利用和老板亲近的关系，尽自己所能向老板反映一些大家的诉求，这样你就可以赢得同事们的信任和感激。在谈这些诉求时，你要打着公司利益的旗帜才行，比如以提高伙食待遇能促进工作效率等等。

6. 成为老板和同事的调解员

在工作中，老板或主管总会与员工发生一些不愉快的矛盾，而且有些矛盾双方都有错，或者有些矛盾就是老板自己的问题。可是老板或主管都是要面子的人，你若想让他主动认错是有点难度的，而老板不认错，员工就会觉得委屈，会影响双方的关系。在这种情况下，与老板走得近些的你，可以在双方之间起到调解员的作用。你可以先安慰同事，表达你的关心，然后再代表老板向员工检讨，这样既给了老板台阶下，你也能获得大家的好感。

机会面前别犹豫，你要死死地抓住它

有一个单身小伙子在回家的路上遇到了一个满脸胡须的老神仙，那位老神仙神秘地告诉他说："现在有一个很好的机会等待着你，你若能抓住它，你将获得一笔巨大的财富和受人尊敬的社会地位，还能娶到一个漂亮的老婆。"

老神仙的话让小伙子兴奋不已，他期待着这一天的到来。但了，一天又一天，一年又一年的时间过去了，他依然贫困潦倒，直到死他也没有享受富贵，更没有看到漂亮的妻子。等他上了西天后就遇到了那个神仙，就不解地询问原因。

老神仙告诉他说："我没有承诺过你一定能获得那些幸福的东西，我只承诺过要给你机会得到，可你却没有把握住机会。这是你自己的问题啊！"

小伙子一头雾水，继续问道："能解释一下吗？"

老神仙说："曾经有一个可以改变你一生的机会出现在你的面前，你却没有去珍惜，因为你在犹豫中错过了这个机会。就这样，这个机会几年后被另外一个人得到，那个人十分珍惜这次机会。你可能知道这个人，他就是后来变成全国最有钱的那个人。"

老神仙继续说："有一次发大水，整个城市都被洪水淹没了，很多人站在屋顶上等待救助。这个时候你有大船，完全有能力去救助那些人，可你忙着搬运自己贵重的物品，想着自己的那些私利，失去了救助别人的机会。"

"那些人都是你们村上最富有的人，如果你当时帮助了他们，他们就会把自己的财富分给你一部分，你还会获得社会地位，被别人尊重，在这之后，一个漂亮的女孩会被你的故事感动，并成为你的妻，然而这一些都不属于你。可惜……"

机会是一个我们一直都在说的事情，可是能否真正把握机会并非每个人都能做到，很多人总与机会失之交臂，他们完全有能力通过机会改变自己的命运，然而他们在自卑、胆怯、贪婪、自私中犹豫不决，让机会从自己身边溜走。就像文中的那个小伙子，他错过了救助别人的机会，也就错过了自己一生的财富和幸福。

其实，机会属于每个人，无论贫富贵贱，无论财产多少，它在人们的面前都是平等的。可以说，穷人有机会，失败者有机会，"虾米青年"同样有机会。没有机会，那些平凡的人物就很难成就伟大的事业，比如，如果没有机会，舜就是一个农夫，傅说也不过是个泥水匠，胶鬲则永远是个鱼盐贩子。如果没有机会，丘吉尔也许不过是皇家军事学院中的一名平庸的毕业生，如果没有机会，达尔文在父母的强迫下，大概早成了一个不称职神父。

而且，每个人的生命中存在着很多机会，错过一次机会不等于你永远没有机会，只要你用心去寻找，机会无处不在。但有些人在丢掉一次机会后，或者经历一次失败之后，就开始自暴自弃，觉得自己以后再也不会有机会。当机会再次降临在他们头上的时候，逃避和不自信让他们忽视机会的存在，久而久之，就形成一种习惯，我们看这个实验。

研究人员把一只跳蚤放进一个玻璃杯里，没有设置任何障碍，于是，跳蚤非常轻松就跳了出来，经过几次跳跃，研究人员得到的测试结果是：跳蚤是动物世界的跳高冠军，它所跳的高度可以达到它身高的 400 倍左右。

接着，研究人员再次将这只跳蚤放进玻璃杯里，不过这次与上次不同，研究人员在杯子上加上了一个透明的盖子。跳蚤已经习惯了"跳"这种生活方式，所以跳蚤在杯子里依旧不停地往上跳，但每次都会重重地撞到透明的盖子上。撞得多了，跳蚤就怕了，觉得自己根本无法再跳出去，就放低了高度。

等到研究人员把透明盖子拿掉的时候，跳蚤只能在原来的高度继续跳。一周以后，即使人们不往杯子上加盖子，跳蚤也只能跳到原来杯盖所在的高度，它无法像从前那样勇敢地去跳了，只能保持现有的高度不变。

以跳蚤的实力，它有无数次机会能够跳出玻璃杯，但它一次次错过了，渐渐形成了长期的习惯，因此，当研究人员去掉盖子的时候，"跳蚤"失去了跳更高距离的勇气，它总觉得上面还有盖子，怕再次被撞到。

某些"虾米青年"也是如此，在他们的一生中存在着很多可以改变自己命运的机会，但很多"虾米青年"在犹豫中错过了机会，像跳蚤一样活着。很多人毕业后一直默默地做着平凡的工作，拿着微薄的收入，生活没有丝毫的改变；还有的人做了一辈子"虾米青年"，在这座城市里一无所有，最后无奈地回到家乡。这就是没抓住机会的命运和后果。

如果"虾米青年"能够好好抓住改变自己的机会，你的命运就有可能发生奇迹，这样的故事很多，今天很多成功人士都是从"虾米青年"蜕变的，之所以他们成功了，而别人依然过着穷日子，除了能力这个因素外，就在于他们抓住了成功的机会。

可机遇不是那么容易被抓住的，首先你能察觉到机会的存在，其次有没有信心抓住它，是否具备这个实力，最后，到手的机会你该如何好好利用它，让它对你的人生产生影响。对此，我们建议"虾米青年"要做到以下几点：

1. 善于发现机会

机会是一个可以"看得见摸得着"的东西，它存在于无形之中，来自人们对未知世界的判断。也许有些机会是大家都能够意识到，比如你们的业务总监辞职了，需要有人来补这个空缺，这个机会是明摆着的，大伙都会争抢。但有些机会是难以被发现的，它隐藏在各种因素和环境之中，只有靠你敏锐的目光和判断力才能发现，比如，你是经理的助理，平时表现出色，经理觉得你是人才，想提拔你做主管，于是就把你分配到基层去锻炼，你当时感觉这是经理在考验自己，是次难得的机会，你没有抱怨，而是很踏实地做好每件小事情，最后你成了某个部门的主管。可见，善于发现机会是很重要的。

2. 机会面前不能犹豫

当你发现一个机会在等待自己时,你要对自己有充分的自信,不要总想风险和结果,要看这个机会对你有没有意义。因为机会不会永远存在,很多机会都是转瞬即逝的,这种短暂就需要你有当机立断的勇气,不要把时间过多浪费在犹豫上。只果这个机会能给你带来改变,你就要死死抓住它不放手,努力去实现它,即便失败了也是一种成长的经历。

3. 要让自己具备实力

虽然机会面前人人平等,但是机会只垂青于有准备的人,能否把握机会还要看你的实力行不行,如果你根本不努力,给你个经理做,你能做好吗?其实,成功需要实力和机会,两者缺一不可。

4. 如何去利用机会

发现机会、抓住机会后,接下来就是你如何利用自己的机会,用什么方法把梦想变成现实。因为机会给了你,并不意味着机会马上就能给你带来财富和成功,你必须花费心思去对待。比如你看到一个商机,进行认真考察后,你首先要规划自己的创业方案,考虑风险和资金的投入,然后如何具体运作自己的计划,努力把它变为现实。

胆子大点，"虾米青年"没点冒险精神不行

有一个穷人胆子特别大，喜欢冒险，喜欢去世界各地寻找财富。当他再次准备探险的时候，一个骑士很神往这种生活，就想和穷人结伴而行。穷人告诉他说："这是一次充满危险的旅行，你不怕吗？"骑士很有信心地说："你不怕我就不怕！"于是，两个人开始了他们的冒险之旅。

走着走着，他们来到一条河的旁边，河道狭长幽深，水流奔腾而过，而在山脚下有一根石柱子，上面刻着一行字：如果你有足够的勇气通过这条河，并一口气把一尊石像扛到这座高耸入云的山的顶上，就可以获得上天的奖赏。

骑士看了那些字后，忧心重重地说："这条河看上去又急又深，如果掉进河里，我们就会被激流冲走。即便我们能勉强过去，那么重的石像也扛不动啊！咱们还是别冒这个风险了，说不定还能找到其他的通路吧。"

穷人说："除了这条河，我们根本没有其他的路可走，除非按原路返回。这样的话，我们也失去了冒险的意义，根本无法找到财富。如果你想回去就回去吧，回到原来的地方生活会很安逸，不会有任何的风险。"

167

胆小的骑士回去找他安逸的生活去了，而探险家却横下一条心：不论有多大的危险，他都要通过这条河。他纵身跳入幽深的河水里，激流拍打在他的身上，有好几次都差点把他冲倒，但他咬着牙拼命往前游，经过一番努力，他终于爬上了对岸。

穷人上岸后找到了那块石像，他二话没说，使尽力气扛起了石像，凭着惊人的毅力一口气走到了山顶。山顶有一个广场和一座旧城，忽然，他肩上的石像消失了，接着从旧城中冲出一些士兵，在广场上聚集。若刚才那个骑士还在的话，他一定会拔腿就跑，而穷人不但不逃掉，反而准备迎战。但让他没有想到的是，上帝突然现身，让穷人接替死去的国王，后来，穷人成为最富有的人，而那个骑士依然过着自己安逸的生活。

故事中的穷人能冒险前进，最后获得了国王的宝座，而那个不愿冒险的骑士依然过安逸的生活。这个故事反映了两种不同的人生，有些人之所以不能成功，是因为他们在困难面前很胆怯，总是思前顾后，想着"万一"不行会怎么样。他们虽然有改变现状的想法，但当他们真正做时却没了勇气，因为他们不敢去冒险。

有些"虾米青年"也缺乏这种冒险的精神。他们抱怨自己没有房子，没有好工作，却没有勇气冒险去改变自己的现状。比如有一个很好的创业机会等待你，但要创业就必须辞掉自己工作，告别安逸的生活。在这种情况下，很多"虾米青年"就怕了，他们怕丢掉工作，宁愿拿着微薄的收入也不想去冒险。

确实，80年代后出生的孩子都缺乏上辈的那种拼搏和冒险的精神，他们从小生活在安逸的环境中，父母对他们娇生惯养，任何有风险性的事情都不放手让孩子做，生恐子女的冒险想法和行为会带来不好的后果，这导致孩子十分胆小，很多事情都不敢去做，长此以往，就像朵温室里的花一样，没有一点冒险精神。

但是，一个人要想获得成功就必须有冒险的精神，这是一个成功者不可缺少的素质。因为没有谁的道路是一帆风顺的，在追求成功的道路上会充满各种难以想象的挑战，要想有丰硕成果，就得敢于冒险，不怕吃苦，不怕失败，也不怕别人嘲笑的目光。

没有冒险精神，永远都不可能成为一名合格的军人。这句话在西点军校也得到了充分的验证。在西点军校，有许多训练项目就是为了训练学员们的胆量和毅力而设立，因为战争具有很大的偶然性，需要大胆和冒险，如果在战机出现时不敢冒险，可能就会丧失赢得战斗的良机，这便是西点军校教给学员们的战斗理念。他们通过一次次的冒险训练，使学员们逐渐变成了一个个勇敢的"冒险专家"，在多次行动中赢得了意想不到的战绩。

没有冒险精神，就难以成就那些伟大的企业家。在当今的商场中，竞争是十分残酷的，使得冒险精神显得特别重要，它是一个企业家重要的品质和魅力。因为经营上的逆境随时都会出现，要想超越其他人，就必须大胆投资，敢于破旧立新，敢于启用新人。有了冒险精神，你才可以打破传统的束缚，做出与别人不一样的成就，从而在商场上屹立不倒。

当然，冒险不等于一意孤行，不考虑后果，它同样需有谨慎的态度。有了谨慎的态度，你遇到的挫折肯定会少一些。戴尔·

卡耐基曾说：对于成功的企业家来说，冒风险的前提是明了胜算的大小。做出冒险的决策之前，不要问自己能够赢多少，而应该问自己输得起多少，一点儿把握都没有就盲目地去冒险，那你的胆量越大，赌注下得越多，损失也就越大，离成功就越来越远。

第七章

不要被老板套牢，跳槽跳到白领去

进入市场经济后，中国的"铁饭碗"时代已经成为历史，除了那些事业单位的工作人员和行政机关的公务员外，很少有人会一辈子做一份工作，而且企业经营活动的市场化，也需要人才的流动，这样才能促进人才资源的优化配置。对于年轻人而言，你要不断往上走。当你还在一个小公司里受排挤，当你的能力已经超出了你的工作范围，当你无力再高升时，当你被老板埋没时，你再不跳槽就是对自己前程的不负责！跳槽让你不断往高处走，寻找到更好、更适合自己的公司，使自己的才能得到有效的发挥。不过，跳槽并不适合每个人，不是跳了就会有好结果，下决定时一定要慎重，不能盲目跳，不要在失败时跳，也不要仅仅为了薪水而跳槽，你应该在最成功时跳槽，而跳槽的目的是为了更大的发展空间。

跳槽，是你奔向白领之路的跳板

刘颖是一家网站的电话业务员，薪水低，没有保障，还整天提心吊胆的怕没有业绩。若哪个月没出单，老板的脸色就特别难看，还会把她说得一无是处，她在这种压力下工作简直是度日如年。更可悲的是，她的男朋友也不争气，毕业三年了一直没有找到合适的工作，目前在家酒吧做服务员，生活黑白颠倒。

由于薪水较低，刘颖和男朋友选择了在郊区住，那里的条件很差，一套房子里大约住着20多个人，共用一个厨房和一个卫生间，平常上下班的时候特别拥挤，就连晚上睡觉也被邻居吵得难以入眠。刘颖是一个有追求的女孩，不想永远做一个"虾米青年"，更不甘心待在那个小公司里永远做电话业务员。她想跳槽！

有一个周末她去人才市场闲逛，看到一个很有名气的大公司招聘业务员，薪水待遇不错，刘颖觉得自己很符合对方的条件，就想去试试，人总是要往高处走的，如果只做个小小业务员，永远不会有出头之日。

为了自己的梦想，为了能早日成为一个白领，刘颖说跳就跳，她果断地辞掉了原来的工作。她对自己充满了信心，一是自己具有本科学历，二是自己有好几年的营销经验，三是她不怕挑战。

在招聘中她得到了人事经理赏识，并非常诚恳提出对其各方面待遇从优考虑的承诺。第二天她就高高兴兴地上班了，虽然开始状态不是很好，但她很快就适应了，比起那些新员工，她的经验丰富，比起那些老员工，她更有激情。

转眼就过去了一年，她的薪水涨到了 5000 元，销售经理很欣赏她的工作能力，准备重点培养她。公司发年终奖金的时候，刘颖还额外地拿到了总经理特批的 1 万多元奖金，作为她跳槽的损失补助。有了领导的栽培和奖励，刘颖更加珍惜这份工作。在第二年，她跟着销售经理学经验长见识，能力提高很快，到第三年就破格做了销售经理，而他的师傅则成了副经理。那时，她已经和男朋友分手了，一个人在市区租了一套一居室的房子住。

这就是刘颖跳槽的故事，她从一个小小的"虾米青年"，一跃成为了白领，跳槽就是她实现这一切的跳板。我们可以想象，如果刘颖还待在那个小公司里做业务员，她今天会是什么样子呢？也许，她依然看着老板的脸色过日子，不停地抱怨工作压力大；依然拿着微薄的薪水生活在城郊的"虾米青年"聚集村，看不到未来，也没有幸福感；依然和不争气的男朋友为生活的琐事争吵，想分手也没有勇气……

"跳槽"，顾名思义就是离开这家公司去另一家公司谋职。对于跳槽是好是坏，很多人都众说纷纭，但相对过去的"铁饭碗"它是进步的。跳槽这个词是最近几十年才出现的，确切地说市场经济出现后跳槽才有了可能。在计划经济时代，大学毕业后国家会分配工作，这份工作可能一干就是一辈子，即便是工人，也不能随便换工作。那时只有工作的调动，而这种调动个人是没有自主权和选择权的，组织上同意你调你才可以调，至于调到哪里则完全是组织的安排，你无法掌握自己的命运。

改革开放后，除了政府机关和事业单位之间不存在跳槽外，包括国有企业和私有企业掀起了跳槽热，跳槽是再平常不过的事情了，每个人的一生中都会有遇到，有的一年都跳槽好几次。当然，你也可以从事业单位跳槽到企业，前提是你舍弃前程和待遇。

不过，跳槽是企业不愿看到的事情，觉得是对自己企业发展的一种损失，造成很多项目和工作因为某个人的离去而无法完成，所以企业宁愿开除那些不合格的员工，也不愿看到员工频繁跳槽。他们会利用苛刻的劳动合同来限制员工跳槽，如此看来，劳动合同在保障员工的利益的同时，也被企业用来束缚员工，防止人才的外流。

但那些企业却忽略了一条：如果整个社会都不跳槽的话，那么企业将无法引进优秀的人才，只能自己花费大量精力培养各种优秀人才。在市场经济的今天，这种做法无法适应残酷的市场竞争。可以说，跳槽的产生有利于企业得到最优秀的人才，跳槽在推动整个社会的人才资源的优化配置方面起到了很大的作用。

跳槽不仅对企业对社会有着积极的作用，对个人也有着很积极的作用。一个人不会一辈子只做一份工作，人总是要往高处走的，不要为暂时的薪水和福利而满足，容易满足的人只能做一个默默无闻的小人物，永远停滞不前。一个人要想获得成功，目光必须看得更高更远才行，要往高处跳。

有时候，一个人的目标和野心是很难在一个公司里实现的。一方面，在你起步的时候，你可能在一个小公司，那里发展空间有限，可能你很出色，但其他优秀人才占据着重要位置，你只能默默地干着平凡的工作，拿着微薄的收入，难以有上升的机会。所以，要想有一个好的发展，必须通过跳槽求得发展，比如先在小公司干，然后再到中型公司，最后再到大公司，这样才可以接受挑战，让自己的才能得到充分发挥。另一方面，很多工作未必适合你，你必须通过跳槽的方式选择最适合自己的工作。

虽然跳槽是"虾米青年"实现白领梦的一个跳板，但未必适合每个人，有些人越跳越好，而有些人因为跳槽而损失惨重。下面这个人的烦恼就是盲目跳槽造成的：

小王在大学里学的是广告专业，在校期间曾到一家广告公司兼职实习，到毕业后被聘用为正式的员工。但他并不喜欢广告这个行业，于是他就跳槽到另一家公司做人力资源管理工作。虽然该工作不是他的专业，但他愿意学。然而这个公司的管理却很混乱，他没有学到什么，也未能发挥自己的才能，很快就被老板炒掉了。

之后，小王又跳槽到一家国际货运企业做了人力资源方面的工作，负责招聘。可没干几天，发现不行，再次跳槽。半年后，他再一次跳槽到了一家私企公司担任培训专员，这次也没干多长时间，因为金融危机来袭，作为新人的他被无情裁掉。

几个月来的跳槽生涯让小王既劳累又迷茫。当他看到昔日的同学都已在广告行业混出一片天地，而自己依然没有找到自己发展的方向，连本专业的相关知识都忘得差不多了，再想回到广告行业还得从头学起。

可见，跳槽是件很谨慎的事情，跳好就有好的发展，跳不好对自己的职场发展会很不利。根据调查发现，以下几类人不适合跳槽。

1. 刚参加工作，什么经验还没有时

我们前面多次讲企业很看重工作经验，如果在一个公司什么都没学到就跳槽去另一家公司，这样每一份工作你都得从头学起，每次都要做无经验的新员工。这样对积累工作经验、提高工作能力是很不利的。因此，刚进入职场要踏实一些，不要在一无所有时就频繁跳槽，你应该在自己有足够实力时再跳。

2. 仅仅因为不适应环境，或人际关系不好

有些人跳槽不是翅膀硬了想飞，也不是觉得工作不适合自己，而仅仅是因为自己无法适应环境，很多情况是他们的性格造成的。比如有些人性格比较内向，不想和别人交流，朋友不多，老板也不待见，这样他就会有种孤独感，跳槽对他来说是种逃避和解脱。还比如，你的性格暴躁，经常和公司里的人发生矛盾，有时候还

和老板吵闹，看谁都不顺眼，就想通过跳槽离开这个鬼地方。在职场不能因为不适应环境或者与别人的关系不好就跳槽，你应该努力使自己适应环境，并努力改善与大家的关系。

3.近期正在进行学习和培训的

工作期间的学习或培训也是提升自己职业含金量的一个必备手段，使知识结构从"单行道"变为"立交桥"，通过不断完善自己，才能在社会上拥有更好的立足之地。如果你近期在培训时想跳槽，从某种程度上来说，很可能导致培训的中断，辞职、找工作、适应新工作需要花费很多时间，这样你的培训就被耽搁了。另外，你在相应的职业资质还没有取得，你的含金量就难以体现出来，往高处跳就有难度。你只有通过培训取得了好成绩，拿到了相关证书，你的跳槽才会顺利一些。

其实，跳槽是需要条件的，只有在你具备条件的情况下，跳槽才能成为跳板。比如，你是否具备跳槽的实力，是否做好了充分的准备，有没有选对跳槽的对象，这些问题都必须考虑清楚。为此，专家提醒广大求职者，你在下面情况才可以跳槽：

①发现自己的能力应付将要选择的工作绰绰有余，或是发现了自己真正感兴趣的工作时再考虑跳。

②人才市场有充足的适合你的岗位时。

③跳槽之后的工作能给你的未来职业发展产生良好的效果时。

④具有了积极成熟、面对压力的心态时。

⑤对就业市场的情况有了及时充分的了解，并建立了自己的关系网，对雇主声望作好了调查，建立了自己的信息渠道。

不做"愚忠"员工，被埋没就要跳槽

有两个网友这样抱怨：

A：我从某大学毕业后，一直在某小公司做职员，三年来没什么变化。我们公司里只有一个领导就是老板，剩下的都是员工，我们没有大小之分，都做着同样的事情，虽然我比别人能力强，薪水却没有任何差别。我是有理想和抱负的，不想就这样在小公司里埋没了，我觉得以我的能力和经验，我完全有能力胜任更高层次的工作，这样的工作有挑战性，还能不断提升自己的能力，敢大胆与别人竞争。

在小公司里，即便你能力再强，若是老板不给你发展的机会，你只能被埋没，而且由于缺乏竞争，你与外界的差距会越来越大。踏实、埋头苦干其实是老板强加给员工的道德标准，对于优秀人才，就不能安分，有能力就应该跳槽。

B：我大学毕业后，一时没有找到合适的工作，于是就到一个小公司给某领导当"助理"，说是助理，其实就是领导的打杂的，很多工作都是领导懒得做的事情，比如复印、记录、安排会议、采购、报告整理等小事。当时我刚毕业，对这工作根本不放在眼里，领导就告诉我说，年轻人要有忍耐力，什么事情都必须一步步来，先从小事做起，埋头苦干这样才能成为一个合格的员工。领导的话给我很大的激励，就沉下心踏踏实实的给他打杂，力求每一件小事都做得令他满意。

可我总不能一辈子就这样踏踏实实地做小事啊！然而，该领导总是以各种借口反对公司对我的提拔，说我还需要继续磨练。我后来才知道领导为何这么做，是因为我把打杂的工作做得十分好，他不太放心别人做他的助理。老板这么器重我，可我心里却不是滋味，他这人也太自私了，为了自己顺心，却不顾员工的前途。我为了自己的未来，为了能做大事，我准备跳槽。

读了两个网友的故事，我们明白：是否跳槽不要太听老板的话，太忠实了，吃亏的总是自己，你要有背叛他的野心。这个野心就是跳槽，跳槽是对自己的前途负责，也是给老板一个警醒：你埋没人才只能丢失人才！

很多企业家和老板都苦口婆心地劝大家不要跳槽，说出了很多跳槽的危害，比如跳槽不利于经验的积累，不利于能力的提高，容易形成急躁不安分的性格，不愿意踏实做好小事等等。这些观点从某方面来说是正确的，但对于那些经验已经丰富和能力已经超越所在职位的人来说，不选择跳槽就是对自己的埋没。

正如开头两个网友所说，老板都喜欢那些踏实能干的员工，究其原因，一方面是为了提高自己的产品质量和工作效率，另一方面就是给你的跳槽打预防针。对于小老板而言，他的公司不需要太多的管理人员，也不需要能力过于突出的人，因为这些对他没有太大的吸引力。在这里你踏踏实实做好自己的事情就是一个好员工，至于你有没有更高的能力，老板是不关心的，因为对他没任何意义。

既然你有能力去胜任更高层次的工作，为何要埋没自己呢？有能力当将军就不要一辈子做士兵，有能力当经理就不要一辈子做员工，有能力做白领就不要给自己贴上"虾米青年"的标签过一辈子。你应该大胆去跳槽，不要有太多的顾虑，没有舍弃就没有收获，也不要有太多的内疚感，觉得对不起公司和老板的栽培，人才的竞争就是这样的残酷，公司可以在经营不好的情况下无情地裁掉你，你也可以在自己翅膀硬的时候远走高飞。你要对自己的前程负责，要有一点自私才行。

我们前面多次讲道，对于那些还没有工作经验，能力一般的人，可以先到小公司去锻炼自己，但小公司只是锻炼自己的平台，未必是你今生的选择。如果这些人不跳槽，或许他永远在这个平凡的岗位上重复自己的工作，做着完全在他能力之下的事情。当许多年后，看到昔日的同学都功成名就，而自己却一无所有时，他开始抱怨这样世界的不公平，并自卑认为自己不如别人优秀。其实，这时他该好好反省自己为何会落到这种地步，是他真的没有能力，还是他当时没有跳槽的勇气。

因此，对于他那些羽毛丰满、有能力、有闯劲的"虾米青年"而言，如果你在一个公司不被老板重视，感觉自己被"埋没"时；当你每天只是重复简单的工作，当老板让你拼命干活，除了给你一些廉价的表扬再无任何表示时；或是觉得"庙"太小，无法学得更多有用的东西时。那么，做好"跳槽"的准备，付诸行动吧。坚信"天生我材必有用"、"树挪死，人挪活"的信念，该"跳槽"时就"跳槽"。

如唐骏，在你取得成功时再跳槽

提起唐骏，在中国大地可谓无人不知，他被誉为打工皇帝，与李开复都是最具偶像化和明星化的人物，是很多年轻人和"虾米青年"的崇拜对象，而且唐骏当年在日本留学期间还有一段至今都难以忘怀的"虾米青年"经历。

唐骏之所以这么受年轻人喜欢，是因为他有着传奇的打工生涯，有着卓越的管理才能。他曾经开拓了微软中国的辉煌，帮助陈天桥的盛大公司成功上市，然后华丽转身成为身价十亿新华都CEO。他取得的成就大家有目共睹，想挖他跳槽的人公司不知道有多少家，那些蠢蠢欲动的猎头公司不知道有多少个。

　　唐骏多次获得中国年度 CEO、十大新经济人物、十大科技人物、英国广播公司 BBC 全球年度人物、美国 CNN 年度亚洲人物，被微软公司授予微软（中国）终身荣誉总裁，三次被授予比尔·盖茨总裁杰出管理奖。而且，在一家时尚杂志和一些网站共同举办的一次评选中，唐骏被评为中国十大帅哥总裁。

　　虽然有这么多的荣誉，唐骏却是一个"极其不安分"的人，他喜欢跳槽，每次跳槽都令人诧异，让人觉得不值得，比如从世界一流的跨国公司，到国内的公司，然后又从国内一线公司，跳槽到二线城市的公司，然而事后证明，他的每次跳槽都很成功，也十分的完美，这对一个职业经理人来说定然是个奇迹。那么，唐骏跳槽的秘密是什么呢？为何他总能这么顺利地跳槽成功？

　　为揭开这个答案，我们先详细了解唐骏几次传奇的跳槽经历：

　　1984 年，唐骏年轻时考上北京邮电大学，之后转学北京广播学院（今传媒大学），再之后，他像张艺谋一样用毛遂自荐的方式，获得留学日本的机会；1990 年，唐骏赴美攻读博士，并先后创立了三家小型公司：美国双鹰公司、好莱坞娱乐影业公司等。

　　1994 年，唐骏加入比尔盖茨的微软公司，担任微软总部 Windows NT 开发部门的高级经理。他所领导的部门成功地设计，开发并发布了远东版（包括日文版，简体中文版，繁体中文版和韩文版）Windows NT 3.51，NT 4.0 和 Windows 2000。唐骏于 1997 年底由微软公司总部委派来到中国上海筹建大中国区技术支持中心。

1999 年 7 月，微软总部鉴于该中心的骄人业绩，正式宣布提升该中心为亚洲技术中心。2001 年 10 月，鉴于该中心的业务范畴已扩大至全球范围，微软公司正式宣布将微软亚洲技术中心提升为微软全球技术中心。

2002 年 3 月，唐骏被任命为微软中国总裁。唐骏的管理才能受到微软公司的高度评价。微软公司总部分别在 98 年授予其公司的最高荣誉——比尔盖茨总裁杰出奖和在 2000 年授予其公司杰出管理奖，并在 2001 年授予其微软公司最高奖项——最高荣誉奖。唐骏领导下的微软（中国），在销售方面，是微软全球惟一一个连续 6 个月 (2002 年 7 月到 2003 年 1 月）创造历史最高销售记录的公司。微软中国 03 财年 (2002 年的 7 月到 2003 年 6/30)成为微软全球 82 家分公司中销售业绩增长最快的分公司。

2004 年 2 月，唐骏从微软中国公司总裁的位置上退休并获"荣誉总裁"称号，不久后跳槽到盛大网络任总裁。唐骏在盛大四年做了三件最重要的事，分别是上市融资、收购新浪、免费战略。这三者件件都是大手笔，每一次都可谓领行业之先。它们是唐骏的三大战役，也是盛大业界老大地位的保证。

（1）上市。唐骏加入盛大之初，国内网游业尚无一家上市公司。凭借着唐骏对华尔街的熟谙，盛大成为了第一家上市的中国网游商。尽管面对种种不利因素，盛大依然圈得过亿美金，陈天桥的个人身家，也飞涨至 50 亿人民币。更为重要的是，盛大成功上市极大地刺激了行业的发展，等到唐骏卸任盛大总裁之时，国内已有 9 家上市网游企业，而准备上市的加起来则有近 20 家。

（2）融资。唐骏的一大工作内容是游说华尔街，向投资人解释国内网游行业的状况，坚定他们的投资信心。这种行为实际上受益更大的是网游行业本身，所以唐骏多次戏称自己是为了全行业去路演。而他的融资成绩也颇似神话，一次路演便会为盛大带来 8 亿美元资金。

（3）免费战略。

盛大转型做免费运营，据说是受了史玉柱的启发，陈天桥被史玉柱挖走了一个开发团队，史玉柱则被陈天桥抢得一次产业先机。但这不过是传闻而已，实际上盛大的免费战略跟唐骏关系密切。

在盛大如日中天的唐骏，却在 2008 年 4 月 15 日高调加盟福建新华都集团，当时唐骏确定以 10 亿元转会费投奔新东家，并接替创始人陈发树出任该集团总裁兼 CEO，令外界再次哗然一片。唐骏加盟新华都后将正式负责集团的日常管理、长期战略和对外投资等工作，老板陈发树退居幕后。

在新华都，唐骏同样作出了杰出的贡献，一次接受媒体采访，他兴奋地说："去年我为新华都赚了三十个亿。要知道，新华都其他实业约计只赚了 2 亿元。"原来，超过 28 亿元的财富增值，主要来自于两大投资手笔———入股青岛啤酒和云南白药，两笔收购净赚 28 亿，这些成绩的取得有唐骏的很大功劳。可以说他很对得起自己 10 亿的身价。

从唐骏的履历中，我们看到唐骏每次跳槽都是在自己最成功的时候，唐骏两次"跳槽"，不仅有新东家的夹道欢迎，还有旧东家的欢送、祝贺。对于这点，他曾对媒体这样表示说："我跳槽的秘诀，除了要选择一个好老板，另一个重要秘诀就是永远不在企业低谷的时候跳槽，因为职业经理人在企业低谷时跳槽，是贬值的，对旧东家也不厚道。"

唐骏不在企业最低谷时跳槽，而选择在企业最辉煌时跳槽其实就是在自己最成功时跳槽。究其原因，一方面，在成功时跳槽面子上光彩一些，若是选择失败时跳槽，得到不再是掌声，而是大家嘲笑和质疑。另一方面，就是在成功时跳槽你不会留下什么遗憾，你对得起老东家，也对得起新东家，更能说服媒体和看客。

然后，在现实生活中很多人却在最失败、最失意、最不得志的情况跳槽，他们原以为跳槽可以获得新的发展，然后结果却是再次的失败。他们只是把跳槽当成一种逃避现实的方式，他们不敢正视自己事业上的失败，不懂得反省自己，遇到挫折就当逃兵，也不能陪企业一起度过难关。一个人在最失败的时候跳槽，他不仅难以获得成功，也难以得到用人单位的认可、周围的同事拥护，甚至连客户都不正眼瞧你。

虽然我们前面讲"虾米青年"应该大胆去跳槽，但不是自己想跳就能跳的，也不是跳了就有了好的前程。对于那些失败者，或者没有真本事的懒汉，或者没有把任内的事情出色完成的人，跳槽时就应该谨慎一些，可能你会成功，但这样的几率不大。

最完美的跳槽应该像唐骏那样在自己最成功、业绩最辉煌的时候跳槽。如果你现在还没有在岗位上获得成功，那就收起跳槽的心，努力做好自己的工作吧；如果你是失败者，就应该从失败中寻找原因，并汲取教训，期待下一次成功；如果你没有取得好的业绩，那一定是那些方便做得不够好，或者某些能力和不足，这个时候你应该好好去提升自己的能力，不能在翅膀还不硬时就跳槽；如果你有分内的任务还没有完成，就应该等工作完成再考虑跳槽的事宜，这样才不遗憾，也是一个员工应该有的职业道德和责任感。

不能乱跳，发展空间比薪水更重要

跳槽对人的职业发展有很大的促进作用，但如果盲目去跳槽会对自己的职业发展很不利，有的会出现越跳越差，跳了几年后发展自己混的还不如从前好，或者跳来跳去始终徘徊在原点，薪水没有增加，能力没有提高，相反，这些人在频繁的跳槽中浪费了精力和时间，离自己的金领梦越来越远。

很多人跳槽看重的只是薪水，只要薪水高，就想试试，从不考虑自己能否适应这份工作，也不考虑这份工作有没有发展潜力等。据国内某网站举行的一项"跳槽"专题调查显示，54%的想跳槽者是为了得到"更高的薪水和福利"。为薪水而盲目跳槽，说不定你拿不到高薪，甚至让自己损失惨重。比如下面这个晓峰：

晓峰在大学里学的企业管理，在校期间是学生会干部，还经常利用假期时间到一些公司实习或兼职。有学历、有一定工作经验的他在毕业后顺利进入当地一家知名公司，不过却是行政部的一个小职员。

虽然自己的职位不高，但晓峰年轻不服输，觉得只要努力就可以成为真正的管理人员。因此他在刚进入公司的那段时间，特别勤奋和吃苦，在业务方面也肯下功夫钻研，工作能力大大提高，这一切都被领导看在眼里，因此半年之后，他成为一名管理人员。

职位不高，晓峰却对自己的工作认真负责，由于他出色的表现，他被公司破格提拔为某个部门的经理，薪水也比刚进公司时多了两倍。但好景不长，在2008年金融危机时，晓峰所在的公司也遭遇了发展的停滞和衰退期。那段时间公司的效益非常差，甚至出现负盈利的困境。因此他的职位一直没有变化，而薪水也一直在3000元左右徘徊不前，这让他感到有些不甘心了。

晓峰有一次和朋友在酒吧聚会，他从朋友那里得知有一家公司正在招聘人事主管，薪水待遇都不错，晓峰十分心动，于是就有了跳槽的冲动。很快，他写了一份简历投递了过去，并马上得到了回应，还承诺给他5000元的薪水，还有各种福利。

面对高薪的诱惑，晓峰迫不及待地向原公司递交了辞职报告，高高兴兴到新公司上班。但由于他以前没有人事主管的工作经验，在试用期内，他的工作做得一团糟，很多事情还得一些领导来帮忙，这让新公司对他产生了怀疑和不信任，不再履行面试时的承诺，老板告诉晓峰说："你想继续在我们公司干，每月只能给你

2000 元的薪水，看不上的话你可以辞职，我们完全可以找一个比你更出色的人。"

晓峰当时很气愤，想当面指责这家公司出尔反尔的做法，但考虑到自己再回原来的公司已经不可能了，所以不想再丢掉这份工作。何况自己在试用期，还没有签订劳动合同，现在说什么都没有用，于是晓峰委曲求全留了下来。

晓峰在这家公司还没有站稳脚跟，期间又打听到一家外企在招聘管理人员，薪水 4000 多元，晓峰觉得这是个逃离的机会，就再次选择跳槽，可是跳槽后才知道 4000 元的薪水有点不靠谱，实际一月就 2000 多，只有少数能力特别强的人才可以拿得到，再加上他没有得到重视，只是做一些助理的工作，晓峰于年底再次跳槽。

在两年的时间里，晓峰为了找到合适的公司，频繁跳槽了 4次，但月薪始终都没有达到过 5000 元，他现在有点后悔，如果当初不那么急着跳槽，可能现在已经成为一名优秀的企业管理者。而现在的他什么都不是，做普通员工很不甘心，做管理者经验和能力很难服人，他准备找个公司好好锻炼一下自己。

可见，以薪水为目标的跳槽方式过于盲目，这种盲目让晓峰在求职的道路上遭遇挫折，也许某些工作只要他坚持一下便会有好的发展，可他目光看得没有那么长远，图的就是一个高薪工作。事实上，追求高薪没有错，普通人工作的目的就是为了索取劳动报酬，不给钱没几个人愿意白干活，可以说大家都希望自己的薪水越高越好。但是薪水不是找工作的唯一标准，只盯着薪水，将其作为评价工作好坏的唯一标准。这种找工作的方法过于狭隘，对"虾米青年"而言，工作或公司的发展空间是不可忽视的因素。因为相对于某类工作薪水是固定不变的，比如一级教师多少薪水，普通教师多少薪水；普通文员多少薪水，部门经理多少薪水。但相对某个人而言，薪水没有一个固定标准，你现在可能是个薪水只有 1500 元的普通文员，说不定几年后你就成为了年薪 20 万的职业经理人，这种转变就是发展空间。

如果你只看中普通职员的那点高薪，或者只看重普通教师这个阶段的薪水，并在这个阶段里为寻找更高的薪水频繁跳槽，不去考虑工作的发展空间，到最后你依然是一个员工和普通教师，你失去了成为优秀者的机会，也就等于失去了拿高薪的机会。

由此可见，职业的发展空间比一时的高薪水更重要，特别是刚刚大学毕业的"虾米"，在初入职场的那几年里，你主要的任务是学习和提高能力，只要薪水能保证自己的生活质量，就不要盲目追求高薪。

发展空间的大小与整个职业生涯息息相关，发展空间包括晋升空间、核心竞争力积累等等。一个广阔的发展空间能将一位"虾米青年"引进稳健、快速的职业发展道路，升职、加薪、创业、成功也就随之而来，说不定不久的将来你就是一个成功的白领。而没有发展空间的工作只会将人送进职业死胡同，让人浪费时间，浪费生命。比如公司规模太小、公司前景不好、没有晋升机会……即便这样的工作薪水很高，但你上升的空间有限，说不定企业还会因为经营不善而倒闭，那时高薪就变无薪了。

有些人喜欢跳槽，你看到他们换了一份又一份的工作，比如唐骏和李开复这样的大人物都经历了多次跳槽，难道他们只是被对方的高薪所诱惑吗？不是，他们看重的是企业的发展潜力，以及自己在这个公司发展的空间有多大，比如有更大的自主权，或者能做一些富有挑战性的事情，或者自己的主张能否得到上级的重视，关于这点，李开复曾说过：从1998年到2005年，我在微软公司服务了七年，其中两年在北京，五年在总部。我不得不说，在总部工作的最后一段日子，我倍感煎熬，与很多人有过相似的感受。一个庞大的体系里，我的声音已经无法发出，关于对产品的方向与想法，总部鲜有倾听，我如同一部庞大机器上的零件，在中规中矩，没有任何发挥空间的环境下运行着。这是一个随时随地都可以被替换的光鲜零件。那种价值的缺失感以及精神上的落寞占据了我的内心。

可以看出，李开复离开微软有些无奈，当一个人只能做一个执行者或者只能服从安排时，自己的发挥余地就会受到限制。而他选择跳槽到谷歌，就是因为谷歌的掌门人承诺给他更大的自主权，正是这样的条件才打动了李开复。

下面这个年轻人是个喜欢跳槽又看重发展空间的人：

张强从某工科学校毕业之后到一家小电子公司做市场销售，从月薪1000元开始做起。功夫不负有心人，两年时间里，他凭借自己出色的表现，被升为总监，薪水也翻了翻。那时总经理也特别看好他，想让他做副经理，如果真的成为副经理，张强每月将有 6000 元的薪水，这是该公司最高的薪水。

张强没有把那 6000 元薪水放在心上，他现在已经有了想跳槽的准备，在他看来这家电子公司规模不大，在行业内的地位属于中等偏下，在这里能学到的东西很有限，眼界不开阔，经验积累不足，不能成为今后职业发展很好的平台。经过深思熟虑后，张强毅然跳槽到一家规模较大的外企，该公司属于大型跨国公司，技术是世界一流的，企业管理科学规范，能在这里学到很多小公司学不到的东西。

张强跳槽到这家外企后见识到了大公司的运作模式、企业氛围，开阔了眼界，也积累了大公司的工作经验。满腔热情的张强把所有的精力投入到工作中，取得了骄人的业绩。后来还做了该公司在某省的负责人，令昔日的同学和同事都十分羡慕。

正在他如日中天的时候，张强再次跳槽了。这依然不是嫌薪水低而跳槽，是因为他的一些理念和公司有冲突，很难在这个公司有效地施展拳脚，这让他心里很压抑。这时另一家国内公司通过猎头公司聘请他，承诺让他独自经营一家子公司。张强觉得很有挑战性，也对自己很自信，便欣然前往，事实证明他的选择是正确的，他后来成为了这家公司的常务总经理，成为老板的左膀右臂，年薪一下涨到了百万。

既然发展空间很重要，那么"虾米青年"或大学生在跳槽过程中该如何判断所选择的工作和公司对自己有发展空间呢？建议着重考查如下几个方面：

1. 是不是适合自己长期发展的工作。

2. 这份工作有没有自己发挥的空间。

3. 这家公司规模、经营状况、口碑如何。

4. 你在这个公司能否提高自己的能力。

5. 你在家公司上升的空间有多大。

6. 你能否在这家公司有效地施展拳脚。

7. 你的理念能否得到公司的认同。

8. 你在这家公司能否有更大的自主权。

到新公司如何解释离职原因

一个求职者从某公司辞职后去另一家公司面试，在面试过程中考官询问了他最不愿意回答的问题——为何辞职？下面是他们的一段对话：

求职者曾经在一家营销公司做业务员，由于种种原因失业了。为了能尽快解决温饱问题，他立刻投入到了求职大军中，一个月后，一家公司觉得他的简历写得不错，就让他来公司面试，要进一步细谈。

面试开始后，考官说："请坐，你先介绍下自己吧！"

求职者回答说："我曾在一家很不错的公司做了几年的销售，

积累大量的工作经验，我也相信自己的业务能力，希望现在能成为贵公司的一员。"

考官："既然你说旧公司很不错，你也那么有经验有能力，那你为何要离开这家公司呢？请谈谈你的理由！"

求职者面色有些难堪，紧张地看了考官一眼，许久才说："现在不是金融危机嘛，我们公司业务量不是那么多，公司进行了人员调整，所以我就辞职了。"

考官笑了笑说："你是辞职了，还是被裁掉了？"

求职者没敢看考官的眼睛，小声地说："我们裁员了，我不幸成为其中的一员，但绝对不是开除，因为公司实在不需要那么多的人。"

考官："那么你们公司原本有多少人？"

求职者："将近二百人吧。"

考官："有多少人被裁掉了？"

求职者："50多人。"

考官："哦，你的简历我已经看过，基本情况也了解了，我们公司研究一下，如果合适的话会通知你的。"

一个月后该公司也没有通知他，他知道自己没有面试成功，但却不明白自己哪些方面出了问题，难道是自己解释离职原因导致的吗？

故事中的求职者没有被聘用，究其原因，是跳槽这个事情影响了考官对他的看法。他一方面对被"裁掉"的事实遮遮掩掩，让考官觉得此人不够真诚，另一方面过于实在，不懂得用技巧的方法去应对这个问题，以致在很多地方暴露出自己的缺点。

从该求职者的回答中也可以看出，他所在的公司不是一个特别好的公司，他自己也不是最优秀的员工，只能说一般般，不然公司200多人裁掉几十人其中就有他。对于这样一个不太优秀又不够真诚的求职者，公司的大门是难以为他敞开的。

与该求职者相同的是，很多跳槽者在面试中都会被考官讯问同样一个不好回答的"敏感"问题："你为什么跳槽"？至于考官为何爱问这个问题，不同的考官有不同的考虑。有些公司可能就会对这些频繁跳槽者心存芥蒂。因为对大多数企业而言，他们会认为过于频繁跳槽的员工最不靠谱，你既然能从别的公司跳槽，说不定什么时候也会从本公司跳槽。站在企业的立场想想，跳槽一方面给企业造成人才和经济上的损失，让企业必须花费大量精力去弥补人员的缺口，如果跳槽的员工过多的话，企业的正常经营也会受到影响。

再者，有些企业认为喜欢跳槽的员工不够忠诚。一位总裁曾经说过："我的用人之道有一个很重要的标准，那就是忠诚。"因此，有的老板宁愿信任一个能力不强但却忠诚敬业的人，也不愿意重用一个喜欢跳槽的人。虽然我们在前边讲过对老板不能"太忠实"，但在面试过程中，你还得表现出一个忠诚者的姿态。

还有的招聘者并不关心求职者为何要跳槽，他只是想通过这个问题的询问来考察求职者的求职动机、价值取向、心态、品格、某方面的能力缺陷、是否喜欢说谎等情况。很多求职者都没有注

194

意这点，回答时或者太实在，该说不该说的都说。或者满嘴谎言，让考官觉得这个人太虚假。还有的人喜欢抱怨，比如抱怨上司不好、同事不好、老板娘很烦、老板很刻薄、公司很差等。在你不经意的回答中，你的一些缺点就暴露在考官的面前。

但是工作还是要找的，作为求职者也不要认为跳槽不好，毕竟你与企业看待这个问题的角度不同，该跳槽的时候还要跳，而且敬业和忠诚是两个不同的概念，爱跳槽的人未必不敬业。你应该巧妙地回答跳槽这个问题，你可以实话实说，但要有所保留；你还可以适当说谎，给考官编个充分的跳槽理由，但不要把谎说得太假，这样就会适得其反。

那么，求职者在面试过程该如何回答离职这个难题呢？综合一下专家的意见和某些求职者的经验之谈，下面几点你可以参考一下。

1. 首先，对于离职的这个话题不能躲闪、回避

你要大胆去说，哪怕有些不是实话，也要向考官表现出你的真诚态度。避免把离职原因说得太详细、太具体，太细就容易暴露出你的很多缺点，还会让自己的谎言"穿帮"。同时，不能涉及自己负面的人格特征，如不诚实、懒惰、缺乏责任感、不随和等。应该把自己在原公司优秀的一面表现出来，用你的优秀去遮挡你的某些缺点。

2. 不要说因为薪水低而选择跳槽

为高薪跳槽虽然是一些人的真实想法，但这样的话不要说出口，更不要承认，适当的虚伪是有必要的。在企业看来，一个只为薪水而工作的人缺乏奉献精神，功利性太强，不能踏踏实实地做事情。而且这样的员工难以给企业信任感，只要他看到更高的薪水，他依然会选择跳槽。如果考官主动问你这个问题时，你可以说是为了获得更大的发展空间跳槽，或者其他能被考官认同的观点。

3. 不要说因为人际关系不好而跳槽

不少人跳槽的原因是人际关系不好、与同事有矛盾，所以才用跳槽的方式作为逃避。如果考官知道你因为这个因素而选择跳槽，一定会认为你是一个难以相处的人，既然你在原公司都和别人相处不好，到任何公都将难以融入公司。这样的员工一般脾气不好，个性太强，还缺乏团队精神。因此，这个理由不要讲出来。如果你顺利通过了面试也不要高兴，你应该好好反省自己，争取在新公司搞好关系。

4. 不要说原来的工作太累、压力大才跳槽

一些年轻人因为嫌工作压力大而选择跳槽，这样的理由在企业看来是很矫情的，缺乏吃苦耐劳的品质。而且现代企业讲究快节奏、高效率，很多工作都很繁重，有压力是很正常的事情，不

能适应高效工作的只能被淘汰。因此很多招聘单位都很看重求职的"抗压力"强不强，要求求职者能在一定的压力下完成工作。如果你不喜欢有压力的工作，并因为这个而跳槽，考官一定会对你产生不好的印象。

5. 别说与老板闹矛盾而跳槽

有些人个性很强，他们也不把自己的老板放在眼里，把双方的关系仅仅看成契约关系，自己只管做好自己的事情，把自己和老板放在同等位置上，经常反驳老板，有时候还弄得老板下不了台。但是老板毕竟是老板，你是为他打工的，你拿的是他的薪水，学会处理与老板间的关系绝对不是小问题。应该说几乎所有的老板都不喜欢和自己闹矛盾的员工，在面试过程中，你应站在对方的立场上看待这些问题，不要把自己不愿在老板面前低头的个性一面表现出来。

6. 给原公司公正的评价

一些求职者喜欢在面试中大倒苦水，抱怨以前的公司种种的不是，比如老板苛刻、工作环境差、管理差、效益差等等，总之在你眼里差到极点，所以才选择跳槽，而对于公司的优点你却没有提及。其实，如何去评价旧东家能反映出一个人的职场素养，很多成熟的职场人士都不会在离开后炮轰，而是给予正面的评价，即便批评也要用委婉的方式。因此，在解释离职原因时不要过多批评原公司。

第八章

增加你的额外收入就"不差钱"

如果你有大量的空余时间，就不要把它浪费在游戏、网聊等事情上，你要学会有效地利用你的空余时间，比如兼职、开网店。兼职是工作之外的第二战场，通过兼职你每月可以拿两份薪水，让你不再缺钱花。有的人还加入了开网店的行业，如果经营的好，收入说不定还能超过你的薪水。

如果你有足够的余钱，在你能够承担风险的前提下，可以进行适当的理财投资，比如买基金或进行小额炒股。投资比你把钱存在银行获得的收益要高，但也意味着风险高很多，你投入的钱被套牢是有可能发生的。所以，你在选择时要慎重，不要有一夜爆富的幻想，也不要把自己所有的金钱和精力都用在这上面。

不沉迷游戏和"偷菜"，用好空余的时间

这些年，公众对网络游戏的讨论一直都没有停息过，但大家的目光都集中在它对青少年的毒害上，比如影响孩子的学习，让孩子性格变得孤僻，甚至让孩子走极端，或者诱发暴力倾向，并由此产生了很多社会问题。所以，网络游戏和"黄毒"一样受到家长的谴责，为了孩子健康成长，家长想尽办法帮助孩子戒除网瘾。

然而，当人们在关注青少年的网络健康时，却忽视了网络游戏对成年人的影响，特别是已经走入社会参加工作的 80 后，或者已经成年的 90 后们。他们比青少年自制力要强一些，不会在网络游戏中丧失理智，也很少有成人走极端。但有一点不可否认，有些已经长大的年轻人依然会沉迷网络世界，导致他们大量的时间在游戏中浪费掉，有的甚至还影响到自己的工作。一个刚参加工作的"虾米青年"说：

我毕业后与大学时的两个同学合租一间房子。那两个家伙是"网虫"，下班后主要的娱乐活动就是玩游戏，比如魔兽、征途之类的，但他们两个太疯狂了，有时候一打就是半夜，睡几个小时后第二天继续上班。在白天，他们没有一点精神，总是脸色苍白、目光呆滞，不耐烦地应付着自己的工作。为此，两人经常受

到老板的批评，有一个还被辞退了，可他换了份工作后继续玩游戏。他们把大量的时间都用在了游戏上，没时间读书，没时间考研，也没有时间谈恋爱，我看他们要和游戏结婚生子了。

如果说类似传奇、大话西游、魔兽、征途等大型游戏是男人的事情，这两年社交游戏则男女通吃，吸引很多对游戏不感兴趣的女孩也加入这个行列，而且这个群体大部分是 20 岁以上的职场年轻人，有"虾米青年"，也有白领。比如前些年流行的偷菜游戏。

他们每天在"偷"与防"偷"中乐此不疲，有的人为了能及时到别人菜地里"偷菜"，用记事本详细记录了各个朋友田里"瓜果"的成熟时间，常常趁夜在别人"菜地"里"扫荡"后才能安心入睡。为了防止别人"偷菜"，有些痴迷者彻夜"守田"。有个网民这样写道：

深更半夜，同事还没睡，一问才知道，同事还在 QQ 农场"偷菜"，昨天种下去的几棵苹果树，还有半小时就要成熟结果了，同事说，要等收了苹果才睡，在等苹果成熟的这段时间里，顺便看看好友农场里的庄稼有成熟的也可以"偷"一些。

为了一个虚拟游戏里庄稼的收获，同事竟然可以做到放弃睡觉等到凌晨，这种精神不得不让我佩服。假如我们将这种精神用到平时的工作和学习当中，做到工作任务和学习内容没有完成就不睡觉，也许我们的工作和学习结果都会发生很大的变化。

这里就先不谈把这种精神用在工作和学习中。笔者认为在繁忙的工作之余玩玩游戏，让自己的身心得到放松，这是可以理解的，但是熬夜玩游戏，没有充足的睡眠，无法保证第二天的工作和学习,这种做法就不值得提倡。

"虾米青年"还年轻,正是奋斗的黄金年龄,我们应该比白领更有时间观念才行,当白领在咖啡厅喝茶,在"偷菜"时,正是你追赶他们的最好时机。利用你的空余时间去兼职、去读书、去交朋友……

爱玩游戏的男人和爱"偷菜"的女人应该从下面几个方面做起。可能有些事情未必能立刻增加你的收入,但你的目光要放得长远一些,不管是充电学习和还是积累人脉,都是为了发展自己做准备。

1. 培养有意义的兴趣爱好

顾名思义,有意义的兴趣爱好就是能给自己成长和发展带来帮助的爱好,比如读书看报、锻炼身体等。读书看报能够增长自己的见识,培养自己思考问题的能力,可以从名人的传记中学到他们的成功经验,从失败者身上汲取教训,还可以学到做人做事的方法。而把玩游戏的时间用来锻炼身体不仅能获得健康的身体,还可以有一个好的心情。

2. 参加职业培训提升自己

现在大学生面临的一个普遍的现实问题是:在大学里学的东西未必能用得上,一些专业难以找到对口工作。所以说,大学生在走入社会后提升自己是很有必要的,而参加一些有针对性的职业培训对自己的工作很有帮助。比如有个大学生学得是国际贸易专业,但由于这类工作竞争激烈,他找了半年都没有找到对口工作。于是，他转变就业思路，在朋友的介绍下参加了一个 3G 手机应用软件开发培训班，这类培训紧跟市场，后来就顺利就业了。

3. 积累人脉，多交往

对于每个职场人来说，人脉是秘密武器，是一个人通往财富、成功的门票，上到公司的老总，下到小小职员都应注意积累自己的人脉。因为我们活在一个人情的社会，一个人事业的成功，少不了别人的帮助，可以说朋友多了路好走。因此，你平常多交朋友，积累自己的人脉，说不定他会在你最困难的时候挺身而出，在你升职的关键时刻帮你一把，在你尴尬时为你解围。

4. 把多余的时间用来兼职

你有足够的时间来玩游戏，甚至半夜起来去"偷菜"，那你的时间一定很充裕，为何不把这些时间用在兼职上呢？玩游戏是在浪费宝贵的时间，而兼职则是充分地利用有限的时间增加收入。关于兼职的好处，我们在下节将做详细介绍。

5. 出售你的剩余时间

出售剩余时间你一定听说过但未必做过吧。有些人觉得自己有很多剩余时间，但他们一时用不了，于是就想卖掉自己的剩余时间。可见，剩余时间也可以当成商品来卖，卖的不是物品，卖的是你用剩余时间为别人提供的服务。一个四川网友说："只要您是在四川成都，都可以找我帮您，比如：送花、送生日蛋糕、代购代选礼品、买火车票、接人、外地人来蓉旅游、接站、陪您父母聊天等服务……"。如果你的时间用不完，如果你找不到事情做，那就为别人服务吧。

找份适合自己的兼职，你可以拿双薪

上节中我们讲过那些整天玩游戏和"偷菜"的人可以把时间用来兼职赚外快，什么是兼职呢？兼职就是指在本职工作之外兼任其他职务和工作。兼职不仅充分利用了人的剩余时间，而且有份兼职，你就可以拿双薪，在领取本职工作工资的同时，还可以按标准领取兼职的报酬。拿着双薪心不慌，在购物、吃饭、娱乐方面你有了充裕的资本，就算有一天你失业了，你起码还有一份兼职维生，不至于交不起房租。

废话就不多说了，为了帮助你找到适合自己的兼职，我们下面将详细介绍如何给自己的兼职定位，接着介绍几种热门的兼职项目。

1. 给自己的兼职定位

每个人的能力、兴趣爱好、性格都是不同的，同时自己所做的工作，所处的环境，以及能支配的时间等也不尽相同，这就决定了兼职因人而异，必须找到适合自己的兼职才能让自己的能力和时间得到充分的发挥。下面几种兼职类型可以作为"虾米青年"的参考。

①. **兴趣、爱好型兼职**

很多人所从事的工作未必是自己喜欢做的,比如,晓东家族四代都是医学,父亲就执意让晓东报考了医学专业,毕业后进入一家医院做医生,可他偏偏不喜欢做医生,对广告设计很感兴趣,但现实的情况是他不能转行。在这种情况,他利用晚上的时间做起了兼职广告设计这份工作,既不丢弃本行,也能做自己最喜欢的事情。

去做自己最感兴趣的事情,不仅可以调整工作心态,还可以发现和开辟新的发展空间。但受本职工作时间限制,灵活性一般,许多公司在员工守则或用工合同中明确规定"不可兼职",更多的人只能心动而不敢行动。

②. **技能、特长型兼职**

与兴趣、爱好型兼职不同,技能、特长型兼职是指对兼职者有某方面技能要求的兼职,兼职者可能有多方面的才能,有些可能在工作中用不到,但他们也不想让自己才能荒废掉,于是就通过兼职来开发利用,比如你是某金融公司的职员,但你英语很好,就可以利用你的特长做家教。或者你是某方面的专业人才,你还想在工作之余继续利用自己的才能来兼职。比如你是做编辑的,就找文字方面的兼职,比如你是计算机人才,就可以找计算机方面的兼职。这类兼职你不需要学,有经验也有能力,能出色完成任务。

③.宅在家里的自由型兼职

有些时候你失业了，暂时没有找到工作，或者你生病了，需要休养几个月，或者你要生小孩，得有几个月的时间不能上班，这个时候会有大量的剩余时间。不上班了生活还是继续的，各种开支一点都不会减少，如果你没有多少积蓄，生活就会陷入困难。这时你可以找一些自由型兼职，这类工作可能是全职，但不用坐班，灵活性很强。比如兼职撰稿人，兼职网站维护等。不过这些兼职没有固定收入，缺少各类保障，被骗的可能性也大，不适合长期做，只要你有了正式的工作就可以放弃。

④.短工型兼职

这类兼职可能比上面几种都简单，对技能和经验方面没有太多的要求，你只要有时间、有精力、有体力就能完成。短工型兼职就是小时工，以小时为工作"单元"，按小时计算收入，从业者可对工作和休息时间做灵活安排。比如发传单、家政服务，或商店、酒吧服务生等，但一般而言，这类兼职的薪水不是很高。

2. "虾米青年"可以兼职的新项目

通过上面的介绍，很多人知道自己可以从事哪些类型的兼职工作，但具体做什么他们却不知道，因为现在的兼职五花八门，很多兼职"虾米青年"可能不太了解，如果盲目去兼职，可能会上当受骗，所以，你有必要了解一些常见兼职和一些新兴兼职。为此，他们特别列举了几种，不是很全面，只作为参考。

①. 兼职网络编辑

互联网的兴起，使得兼职编辑岗位应运而生。兼职编辑承担的是撰写网站推介文字、编辑专题和专栏、优化专题结构等任务。兼职编辑的报酬跨度很大，根据作业难度、作业质量不同有差异。这类兼职很适合年轻的"虾米青年"，你完全可以把上网的时间都用来赚钱，你不仅了解了各种新闻和知识，还有一笔不少的收入。

②. 兼职手机报编辑

现在手机的功能越来越多，随着 3G 时代的到来，手机逐步网络化，你可以在手机上聊天看视频，可以看电影，还可以看新闻。于是，手机报编辑就应运而生，表面上看手机报编辑无非就是把新闻从纸媒转移到手机网络上，但手机报受容量和字数限制，要求编辑要用最精炼的语言表达出完整又富有观点的内容。要想成为手机报编辑，"缩写"能力的必不可少，自身文化底蕴的培养也很重要。如果你有这方面能力，你可以尝试一下，薪水未必很高，但对提高你的编辑能力很有帮助。

③. 兼职搜索引擎优化

搜索引擎优化是近年来较为流行的网络营销方式，主要目的是增加特定关键字的曝光率以增加网站的能见度，进而增加销售的机会。很多中小企业都希望通过互联网让更多的人了解到自己的产品，达到提高销量赢得名声的目的，搜索引擎优化人员自然成为提升企业竞争力的关键之一。想做这方面的兼职，你可先熟悉 Google、百度等搜索引擎排名优化原理、各种优化工具、HTML、CSS 代码等，并培养对新技术的快速学习能力和文案写作能力等，当你掌握了这些技术，就可以利用空余时间帮企业优化网站。

④. 兼职同声传译

同声传译就是我们经常在电视上看到一个外国人在台上讲，另一个人则在幕后配音，这种翻译就是同声传译。这类工作对兼职者的要求最高，一般需要经过特殊训练，外语水平必须特别好才行。你的词汇量累计达 2 万多个，还要求具备在 1 分钟内处理 120 个英语单词的能力。

⑤. 兼职文案策划

这类兼职是为公司撰写宣传软文或产品广告，也可能是为客户公司撰写形象类文章。需要兼职文案（策划）的公司以房地产和广告行业为主，主要工作是为销售的商品（楼盘或其他产品）写软、硬广告，这些工作"创意"性较强，故而需要兼职文案（策划）有很强的策划能力，富有创意，文字功底强，能写得一手"美文"，同时也需要一定的相关行业知识。此类兼职形式灵活，一般每周去兼职单位"报到"一次即可。

⑥. 网店服装模特

随着网络购物模式的迅速发展，网店之间的竞争也变得越来越激烈。不少大的网店为了提高竞争力，纷纷请来"网模"助阵。让他们穿上自己销售的衣服拍各种照片，然后贴到网上，以写真方式吸引顾客。然而，专业的模特，网店是请不起的，于是就找一些条件不错的业余模特，如果身材好、面容好的帅哥美女们可以利用周末的时间去试试。据媒体报道，有一个大学生给多家网店做模特，月收入好几千，生活费和学费都解决了。

⑦. 兼职伴娘伴郎

新人结婚，伴娘伴郎一般由未结婚的亲朋担任，但眼下，随着婚庆服务的细化，一些大城市都出现了"职业伴娘"服务，说职业也是兼职，这类工作不是天天有，只在别人需要的时候出现。

这类工作对外形有要求，一定要帅气漂亮，还要有点气质，但不能太帅气和漂亮了，不然你会盖过新娘新郎的风头。有一个女孩高挑、漂亮、具有活力，经常兼职这类工作，由于婚礼几乎是在周末和节假日举办，她没有影响自己的工作，而且有收入，还能经常参加华丽的婚礼，从中感受婚礼的浪漫。

⑧. 兼职网络推广

网络推广就是利用互联网进行宣传推广活动。被推广对象可以是企业、产品、政府以及个人等等。根据有关数据显示，2009中国 93% 的企业没有尝试过网络推广，而在国外发达国家这一数字仅为 16%。这一调查研究表明中国互联网还处于萌芽阶段，网络推广的市场潜力巨大。这类工作往往是利用搜索引擎、论坛、博客等进行产品的推广，可能其中有恶意炒作的行为，但你可以选择正当的网络推广公司。这类工作有专职人员，但也需要大量的兼职人员，时间不固定，任务也不固定，很灵活。

　⑨．兼职网络评论员

　网络评论员是网络时代的一种新型职业，指以在网络上发表评论为全职或兼职的人员。他们通常以普通网友的身份，潜伏在各大论坛，当社会上和论坛上出现谣言、虚假信息、反动言论时，就发表能正确引导舆论的评论，达到影响网络舆论的目的。但这类工作容易被炒作团体利用，在选择时要小心。

小小冒险赚大钱——如何购买基金

　很多人在讨论股票，也有很多人在讨论基金，基金为何物？其实它有广义和狭义之分，从广义上说，基金是机构投资者的统称，包括信托投资基金、单位信托基金、公积金、保险基金、退休基金，各种基金会的基金。我们现在说的基金通常是指证券投资基金。包括封闭式基金和开放式基金，具有收益性功能和增值潜能的特点。其中，开放基金又分股票基金和债券基金等，风险最大且收益最高的是股票基金。

　其实，对收入不太高的"虾米青年"来说，你除了把钱存进银行外，还可以进行其他的理财投资，理财的投资比存银行的利息高。比如买基金、股票、购买银行的理财产品、购买国债等。相对银行的储蓄，理财投资收益相对较高一些，但风险也大，特别是股票和基金。

就股票和基金而言，基金的风险相对小些，如果是货币基金和债券基金就基本不用担心它们会随着大盘的波动而波动，即便是股票基金也不会像股票那样剧烈震荡。股票基金其实是你把自己的闲钱交给基金经理，由他们选择一些有潜力的股票，由于基金公司购买的不是一只股票，所以基金分散了股票的风险，当然收益比股票要少。

如今，越来越多的人开始认识到购买基金的好处，于是他们把自己的闲钱用来购买基金，不仅养成了好的理财习惯，如果市场行情好的话，还可以赚上一把。咱们一般人玩股票玩不起，投资房产没资本，只能靠小小的基金投资了。我们看看魏先生的基金生活。

魏先生参加工作四年多了，每月有不到 5000 元的薪水，平常很节俭，吃饭、住宿基本在公司提供的宿舍里，每月花费平均在 2000 元左右，因此，他每个月都有结余，银行账户里有了几万的存款，打算过些年贷款买房。

手里有钱的魏先生就想做些投资，他目前没有结婚打算，没有房贷压力，也没有女朋友，所以那几万块钱不能让它们闲着。他想买股票但觉得不放心，买彩票又觉得是白浪费钱。在朋友的介绍下，他进行了基金理财。

魏先生认真了解了基金为何物后，就到银行开了账户，然后通过网上银行购买基金。他选中了华夏的某一股票基金，当时市值为一元多，他买了 2 万块钱的。之后，他就天天关注基金的变化，净值涨时心跳，净值下降时心慌。后来，他就不那么关注了，因为这毕竟不是股票，只是一种理财，要以平和的心态去对待。他只是偶尔看看基金的变化，还是把大量的精力用在工作上。

半年后，他看了自己的基金，发现竟然上涨了 20%，将近上涨了 4000 多元。而这个时候股市经过一段时间的上涨后，有些虚高，魏先生担心股市大跌会影响基金，于是就果断地赎回。赎回不等于不买，他等股市平稳之后再买。经过几年的基金生活，他的两万元已经涨到了 4 万元，再加上存款，已经赚够了首付钱，一年后就买了套小居室。

魏先生只是一个例子，不是每个买基金的人都能赚到钱，也存在很大的赔钱可能，所以想买基金就要做好承担风险的打算。不过，不同类型的基金其收益和风险程度是不同的，你在选择的时候，要根据自己的需要进行选择。股票基金的风险最高，但收益也高，货币基金没什么风险，但收益较低，基本上和银行储蓄差不多。

另一方面正如魏先生一样，你要以一个平和的心态去看待基金，不能有一夜爆富的心理，也不要为一点小损失就几天睡不着。买基金你赚不了大钱，但也不会像买股票一样一夜变成穷光蛋，能赚就赚，赔了就等涨了再赎回。

那么，对于新手而言该如何购买基金呢？我们简单介绍如下。

1. 基金购买的途径

①.银行。银行基本上都是代理各大基金公司的基金，费率高。

②.证券公司。也就是你的基金账户,在网上买卖,这要求你要开个基金账户才行,通过这种途径可以买的基金有封闭式基金、ETF、LOF 等,费率较低。

③.基金公司。可以在基金公司的网站上买,这要求你要开通某一家银行的网银才能操作,这种途径的费率较第一种方式低。

无论是那种途径,你都要有一个银行账户和交易账户。你可以到银行购买基金,也可以到基金公司,还可以通过网上银行实现交易。目前很多人都是在网上进行基金交易和管理,非常方便,你能随时关注基金的变化,还能及时操作。

2. 选择要购买的基金

选基金不能光看涨或跌的那几个,要根据同期的股市情况结合来看。股市涨,基金就涨;股市跌,基金就跌,大多数基金都是这样的。更重要的是股市涨了 1%,基金涨的比 1% 多还是少。这样就能看出基金的投资能力了。而且选基金不要光看净值,还要看业绩、风险。看业绩、风险也不能光看评级,要看具体的数据,比如说半年回报、一年回报、两年回报、基准指数、标准差、阿尔法系数等等。

3. 如何购买及定投基金

选择好自己的基金就要购买了。基金的起始资金最低一般是 1000 元,定投 200 元起。有认购和申购两种方式,认购是购买即将发行的基金,申购就是购买已经发行过的基金。在购买时,可以一次购买和定额定投。所谓基金"定额定投"指的是投资者在每月固定的时间（如每月 1 号）以固定的金额（如 500 元）投资到指定的开放式基金中，类似于银行的零存整取方式。

4. 基金分红原则

根据《基金法》规定，基金管理公司对于封闭式基金分红要求是：符合分红条件下，必须以现金形式分配至少 90% 基金净收益并且每年至少分配一次。

5. 如何赎回基金

当投资者有意对手中的基金进行赎回时，则可以通过网上银行赎回，或到银行及证券大厅携带开户行的借记卡和基金交易卡，在下午 3 点之前填写并提交交易申请单，在柜面受理后，投资者可以在 5 天后查询，赎回资金到账。

小小冒险赚大钱——如何小额炒股

股票是一种有价证券，是股份有限公司在筹集资本时向出资人公开发行的、用以证明出资人股东身份和权利，并根据股票持有人所持有的股份数享有权益和承担义务的可转证的书面凭证。股票代表其持有人（即股东）对股份公司的所有权，每一股股票所代表的公司所有权是相等的。

我们常说的炒股，指的是普通股，它是指在公司的经营管理和盈利及财产的分配上享有普通权利的股份，代表满足所有债权偿付要求及优先股东的收益权与求偿权要求后对企业盈利和剩余财产的索取权。普通股构成公司资本的基础，是股票的一种基本形式。目前，在上海和深圳证券交易所上市交易的股票都是普通股。

而炒股就是买卖股票，靠做股票生意而牟利。炒股的核心内容就是通过证券市场的买入与卖出之间的股价差额，实现套利。股价的涨跌根据市场行情的波动而变化，之所以股价的波动经常出现差异化特征，源于资金的关注情况，他们之间的关系，好比水与船的关系。水溢满则船高，（资金大量涌入则股价涨），水枯竭而船浅，（资金大量流出则股价跌）。

然而，买股票的风险性很大，很多人都是带着投机的心理想赚大钱，然而你的投资和回报难以成正比，也不是你努力、有信心、有斗志就能赚钱的。股票市场变化莫测，连最权威的专家都难以准确预测它的涨和跌，能的话他们自己就买股票发大财了，何况咱们这些普通百姓呢。因此，不要幻想着炒股能一夜暴富，也不要把所有的精力和时间都用在这方面，那样的话你会输得很惨。

在这里，我们建议"虾米青年"们可以小额炒股，在自己经济条件容许的情况下，在你能够承担风险的情况下，买些玩玩，只要你不拿自己全部的家当投入进去就行，只要你在股票下跌时不那么急躁，说不定你能赚些小钱，运气好的话就能赚大钱。

第九章

不做"穷光族",抠门抠出你的财富来

"90 后"作为未来社会的一股"新势力",在他们身上贴着很多的标签,比如叛逆的一代、垮掉的一代、堕落的一代。伴随着生存压力的加大,他们也成为最迷茫的一代。一方面,很多年轻人没有稳定的工作,收入低,却有着很强的消费观,喜欢把赚来的钱都用在吃喝玩乐上,成了"月光族"。另一方面,生存成本越来越高,如果你在大城市,一套房子动辄百万,甚至几百万,找个老婆没点经济基础不行,没有足够的钱不敢生孩子、养孩子、教育孩子。种种这些让他们成为了可怜的"房奴"、"卡奴"、"孩奴"。

于是,很多专家提醒 90 后应该对自己"抠"一些,这种"抠"不是做一个小气鬼,而是树立正确的理财意识。

"月光族"要抠门，"计划消费"不可少

小陈大学毕业两年了，月入 3000 元，是个住在城郊的"虾米青年"，可是他同时也是个"月光族"。他没挣多少钱却特别爱消费，花钱随意没计划，每月工资发下来都被自己花掉了，手里没有存款，有时交房租还得借别人的钱。

小陈平时自己不做饭，晚上经常和朋友出去聚餐、K 歌，再加上每月需要添置几件衣服，朋友结婚、搬家还要随礼或者请客，一个月下来，基本剩不下多少钱。而且，小陈很喜欢旅游，每年都至少要去两个稍远一些的地方玩。旅游的花费很大，路费、吃饭、购物，有时候旅游一次会花掉自己半个多月的薪水，可他依然不在乎。

很多时候，他到月底穷得就剩几百块钱，为了"面子"问题，他借钱也要保持自己的消费水平，这样的生活让他感到有些悲哀，他想理财，却忍不住要花钱。后来，他失业了，没有一分储蓄的他，在借了朋友 100 元后就买火车票回家了。

所谓的"月光族"是指那些将每月赚的钱都用光、花光的人，银行里没有一点存款。在新闻媒体上，一提到"月光族"就会说到那些有着光鲜亮丽外表的白领们，然而"虾米青年"中也有大

批的"月光族",他们没白领的收入高,但他们也有自己的"月光"方式。他们同样爱买衣服,不说天天穿名牌,但起码要有几件,去不起高档的娱乐场所,也很会消遣,总之,他们可以随心所欲地花钱,没有什么顾虑。

其实,"月光族"在中国是最近几年才兴起的词,特别是80后和90后更容易成为"月光族"。他们在爷爷、奶奶、外公、外婆、父母关爱的环境中成长,手里攥着6个人给的零花钱,衣食无忧,备受宠爱,是名副其实的小皇帝。与父辈勤俭节约的消费观念不同,他们喜欢追逐时尚,喜欢品位生活,为的是一种享受,一旦踏入社会,他们便很快成了"月光族"。

1. 下面这几点是成就"月光族"的重要因素:

①. 跟着感觉走,想花钱就花钱。与过去的人不同,这些年轻人消费没有明确的目的和实用意义,比如天冷要买厚一些的衣服,过年要添件新衣服,这些都是实际的需求,但"月光族"更多的只基于主观的喜好,"喜欢"就是他们消费的理由,不会考虑那么多。

②. 膨胀的消费欲望,渴望生活的享受。下馆子、健身、唱歌、旅游、置装……很多人把五花八门的消费欲望作为赚钱的动力,他们喜欢这样的消费方式,并认为人生最大的乐趣是去享受这些东西。

③. 不想存钱,只想花钱。在一项关于"有无定期存款"的调查中,坦言"没有储蓄,我是标准'月光族'"的占了28.7%。

④.被商家忽悠，成为流行文化的牺牲品。"月光族"产生的另一个重要原因就是商家把年轻人当成一个巨大的消费市场，他们喜欢在年轻人身上打主意，用各种方式忽悠年轻人来消费，如策划流行时尚、策划潮流，目的就是引导年轻人来消费，赚钱的永远是商家。

"虾米青年"不是富翁也不是白领，盲目的消费后是无尽的空虚，在你不是真正有钱的情况下，你应该对自己抠一点才行，学会计划消费。这样，你在失业的时候不至于交不起房租，生病的时候不至于"看病难"，回家过年不至于囊中羞涩。只有这样，你才有资本有精力去发展和锻炼自己，争取早日成为白领。

2.要避免成为月光族，你可以从下面几点做起：

①.**在计划中消费。**

消费有很多的不确定性，但计划是不可少的，你应对自己每月的收支有一个详细、科学的计划。小的方面，比如这个月准备花多少钱，要买什么，最高支出不超过多少等等。大的方面，在年末或年初做计划，规划一下即将到来的这一年的几笔主要消费，比如去度假或者买家具等。如果有这样的计划那么就应该开始存钱了，这样才不至于取消既定目标或者债台高筑。

②.**要有记账的习惯**

要管理好自己的收支，就必须会记账。到月底时，把一月的开支都记录下来，这样你可以清楚知道自己收支管理的效果如何。

只有记账才能对自己的花销有清楚的了解，对自己花得多的地方，能有意识地控制。通过记账可以对自己的开支状况有具体的了解，一般坚持 3 个月就可以基本上总结出自己每月的基本开支大概是多少了。

③ . 查看实际支出与计划支出

通过对照实际支出和计划支出，就可以判断你是否进行了合理消费，如果超过了计划支出，你最好看看到底在什么地方多花了，了解这些后，就要提醒下个月要控制这方面的消费，并把上个月浪费的钱在下个月省出来。

④ . 不断调整计划

收支管理应该随着你薪水的提高和降低而变化，当薪水降低时，你的消费支出也应该降低，而在薪水提高时，你的消费支出也可以适当提高。同时，在特殊的情况下，收支计划也要做出调整，比如生病期间，或者暂时失业等。

⑤ . 降低消费欲望

如果你没有太多的消费欲望，你就难以成为"月光族"。消费也有一个度，要控制自己的消费欲望，做到不攀比，不奢侈。

⑥ . 做点理财投资

80 后还可以进行其他的理财投资，这些我们在第八章已经讲过。比如买基金、股票，购买银行的理财产品，购买国债等。

适当"装穷"的"抠门"是一种理财智慧

有一个"虾米青年"这样说道:"我这个人有个'缺点':穷大方!"

我是个性情中人,不想让别人说我小气。在医院做完手术后大夫就一直劝我戒烟戒酒。我也开始注意了,但是一到"场"上,就禁不住不住人家劝,人家一劝,我就来劲,什么大夫的教导就抛在九霄云外了,该吃的吃,该喝的喝,或是洗脚,反正每次不管谁请客,到最后我还是要花好几百元。有几次周末和朋友玩了一次,竟然花掉了半月的薪水。你说咱一个月才挣多少钱?入不敷出啊。这不是穷大方吗!

也曾和很多有钱人吃饭,人家真是不露富,吃喝都很简单。是啊,人家知道挣钱不容易,可反过来说,咱挣钱容易吗!咱可是真拿命来换钱啊,可就是性格使然,没办法!有时自己都劝不过自己,何况别人劝。我相信,像我这样的人不在少数!

正如这个男人在最后说道"像我这样的人不在少数",确实,在中国这样一个极爱"面子"的社会里存在着一些穷大款、假大方的人。这些人明明没什么钱,却总爱在大家面前显示自己的阔气,有时候借钱也要维持这个脸面;有的人爱夸海口,说没钱尽管找他借,弄得狐朋狗友都向他要钱花,很多钱都是有去无回的,穷自己富了别人;而有些人则是有些小钱就露富,不把自己的钱花干净就特别不甘心,天天请别人吃饭,有时候还会被绑匪盯上,误以为他就是大款打劫他。

在交际场合大方一些,在女人面前大方些是应该的,这是人之常情,也是恋爱的需要,但是你"没钱还要装大方,有点小钱就露富"就不应该了。其实你可以适当装穷,适当抠门一点,这绝不是一种小气和吝啬,而是一种聪明人的智慧。很多真正的有钱的人都会"装穷",他们会比穷人还"抠门",比如世界首富也喜欢打折商品,美国《福布斯》杂志公布:比尔·盖茨以其名下的净资产466亿美元,排名世界富翁的首位。然而,让人意想不到的是,这位世界首富没有自己的私人司机,公务旅行不坐飞机头等舱却坐经济舱,衣着也不讲究什么名牌;更让人不可思议的是,他还对打折商品感兴趣,不愿为出租车多花几美元。

富豪能"抠门",何况年轻的"虾米青年"。适当装些穷,朋友就不会天天来找你吃喝玩乐,适当装些穷那些打你主意的狐朋狗友就少了,适当装穷你才知道把钱花在刀刃上,把省下来的钱做最有意义的人脉投资。

"虾米青年"们如何才能做到适当的"装穷"和"抠门"呢?建议如下:

1. 不和有钱人攀比,就当自己是穷人

中国人爱攀比,都不想让别人看到自己穷,这与他们的虚荣心是分不开的!他们总喜欢把自己和别人比较,结果比来比去却

发现自己比别人差好大一截，在这种情况下，心情会很沮丧，心生嫉妒，从而会想尽办法像别人一样活着，并开始大把花钱。如果你没钱还攀比，不仅得不到别人的羡慕，相反会把自己攀比成穷光蛋，即便有钱，攀比也是无止境的，你永远也无法满足自己欲望。因此，要做真实的自己，拒绝攀比，乐观去看待那些比你有钱的人，索性把自己当穷人，用穷人的标准要求自己。

2. 不炫耀自己的小钱，低调一些

有些人有点小钱就把自己当大款，比如他成为圈子里第一个月薪 3000 元的人，觉得自己特别牛气，到处去炫耀，今天请人吃饭，明天名牌加身。然而真正的有钱人一般都很低调，不是有一句老话吗：财不外露，防着贼惦记。何况你是小富还不是大富，有什么好炫耀的，你应该低调一些才对。

3. 点菜吃饭够吃就行

如今在饭店请客逢餐必剩，似乎成了一些人的"潜规则"。很多人点菜的时候，怕丢"面子"就多点，而酒足饭饱之后，往往剩下很多饭菜吃不了。剩下的饭菜也不打包带走，而是白白地扔掉。在一些人看来，在饭店请客，剩得越多越能显示自己的真诚和大方。殊不知，这是没必要的浪费。和国人相比，欧美国家的人请客倒显得十分"吝啬"，不够吃再要，也决不浪费，所以我们这些生活水平尚为普遍富裕的东方人，更应该节俭。

4. 豪爽也要有个度

生活中有些男人待人很大方，为人也极豪爽，特别在钱的方面更是如此，总觉得这样做才够爷们。其实，适当的大方和豪爽是一种良好的品质，但如果豪爽无度，就有点不明智了。比如朋友吃饭时他总是抢着付款，其实这只是推让的礼节，今天你请明天他请，可没钱却穷大方，最后只能打肿脸充胖子。因此，豪爽要有度，不要过了头。

在实体店看，在网上淘点实惠商品

如今网购已经走进千家万户，为百姓所熟悉。特别是对于年轻人来说，更已是他们购物的主要方式。曾有调查机构在 2008 年 6 月对 19 个经济发达城市进行调查，4 个直辖市为北京、上海、重庆和天津，15 个副省级城市为广州、深圳、沈阳、哈尔滨、长春等。访问对象是半年内上过网且在网上买过东西的网民，结果显示，网络购物在年轻人群里有巨大的市场。

网络购物最大的特点是方便、选择范围大，有时候还省很多钱。于是，大家都图着省钱的目的去网上买东西，这就出现了"网上淘宝"这个词，这里的淘宝即使网站的名字，其实也指代顾客通过网上购物的方式，找到自己认为最实惠的商品的过程。

有更聪明的人则是在实体店寻找自己心仪的东西，觉得喜欢就到网上买同样的东西，若是网上的价格低于实体店，就马上通过网上支付的方式购买。虽说对实体店很不厚道，但这样能省下很多钱，对于那些"虾米青年"而言，这样过日子很划算。以买书为例，我们看看小海是如何省钱的。

小海是一名公司的职员，收入不多，且和几个同学"蜗居"在一间10平米的单间里。但小海是一个立志要成才的人，他平常爱看一些名人励志书籍，也喜欢在电视上看《赢在中国》、《波士堂》等财经节目。他崇拜那些成功人物，一次他听说李开复出了本新书叫《世界因你而不同》，就很想买来看看。

周末一大早，小海就一个人坐地铁去了西单图书大厦。进去后发现里面人山人海，人声嘈杂，他笑了笑说："看来生意不错啊！"之后，他便开始寻找李开复的书，找了半天终于在西面的一个书架上找到了，他拿在手中翻了翻，觉得写得不错，而且是自传，不是那些胡乱拼凑的垃圾书，就想买下它。可他看来看书的价格，29.80元，对小海来说略贵了些。

正在他犹豫之时，旁边一个漂亮女孩说："这个帅哥真傻，你不会在这里看过后去网上买嘛，你看我就是，我找几本学习资料，选中后我会记下书名，等回到宿舍在网上找价格最便宜的买。"

从西单回来后，小海登入一网上书店，看到标价就19元，足足便宜了10元钱，而且当时网站在搞促销，凡是平邮都免费，也就是花19元就可以买到这本书。后来，小海用同样的方法买衣服和鞋子，几个月下来，自己的开支减少了不少。

从实体商店和书店的角度来说，网上购物对他们造成了冲击，抢走了大量的客源，但对于顾客来说是不会考虑这些的，只要价格便宜干嘛要花高价去浪费那个钱呢？

以图书为例，实体店铺售书会有很多费用，房租水电、服务员、图书损耗丢失等等，都是最起码最基本的费用，因此，要实体书店打折是难上加难，一般只有过年过节的时候，书店为了促销，小小地来一点点折扣，取悦一下顾客而已。而网上书店则具备明显的成本和价格优势，网上店铺，没有房租、没有图书陈列展示的费用，自然就没有莫名其妙的那些损耗，其成本优势也就产生了，因此，网上售书普遍价格比较低，即便加上邮寄费用，有时候也明显低于定价。

随着"当当"、"卓越"等网上书店提供书的品种日益增多，服务质量的提高，传统书店越来越受到影响。以现在的新书为例，普通32开300页的书，一般要30元左右，而网上新书价格折扣大，一本书能节约 20—40%，这本经济账，购书者都是算得清的。

一. 网上购物的几大陷阱

陷阱一：低价诱惑。

我们常说便宜没好货，没谁傻到赔钱做生意，如果你发现一些商品的价格低得有些离谱就要谨慎了，应该想想这商品为什么它会这么便宜，对方有没有给出解释，特别是名牌产品，因为知名品牌产品除了二手货或次品货，正规渠道进货的名牌是不可能和市场价相差那么远的。

陷阱二：高额奖品。

有些不良网店为欺骗消费者，往往利用巨额奖金或奖品诱惑吸引消费者浏览网页，在网店里对其产品进行大肆宣传，有些爱占小便宜的人最容易上当。所以，天下没有免费的午餐，对任何诱惑都要保持警惕。

陷阱三：虚假广告。

有些网站提供的产品说明夸大甚至虚假宣传，消费者点击进入之后，购买到的实物与网上看到的样品不一致。在许多投诉案例中，消费者都反映货到后与样品不相符。有的网上商店把钱骗到手后把服务器关掉，然后再开一个新的网站继续故技重施。因此，买东西不要迷恋广告。

陷阱四：设置格式条款。

买货容易退货难成为市场潜规则，一些网站的购买合同采取格式化条款，对网上售出的商品不承担"三包"责任、没有退换货说明等。消费者购买了质量不好的产品，想换货或者维修时，就无计可施了。

二. 网上购物的防骗策略

1. 要关注卖家信誉度。

好的网店都有好的信誉度，买他们商品放心，但有时候信誉度也可以作假，这时你该如何判断呢？建议：先看卖家的"好评率"（记住，这与卖家总信用数有关，87.9%的卖家不一定就比97.9%的差）。再看卖家出售过什么东西（6个月前出售过的商品，不再显示，所以有的时候买家也无法分辨卖家是不是通过出售虚拟商品提升信用的）。最后看卖家的"中评、差评"（这里要注意的不仅仅是买家的话，还要注意卖家的"解释"）。

2. 不要轻信卖家的花言巧语。

商家卖东西都不会说自己的差，有时候会用花言巧语来引诱你购买，如果产品货真价实，也无所谓，但若是遇到骗子，或是卖家的话言过其实，你就会吃亏了。有些卖家骗子会先通过几次小额交易买卖来取得你的信任，然后会在一次大的交易中说一些借口或理由让你违规操作，所以记住，任何交易都必须按照正常的官方途径来买卖，所有的违规行为都是没有任何保障的，都是需要买家去承担风险的。

3. 从商品图片中找秘密。

每个网店的商品都有该商品的图片，选购物品前应询问卖家拍摄的图片与实物是否有色差，有些可能是商家在电脑上将图片进行过色彩加鲜。实物的色泽可能偏暗、偏沉。如实物色泽鲜艳的，在自然光下拍摄以足够了，并不需要进行图片加鲜，而且一般色差不明显。如果你觉得图片太假，就要多小心些。

4. 最好选择支付宝付款。

无论是买家、卖家，最好还是使用支付宝交易，对大家都有保障。我们在前面曾讲到，通过支付宝付款，钱不会马上进入对方的银行账户，而是等买家收到物品，并确认物品的真假后，钱才能进入对方账户，如果发现物品有假，就可以投诉。假如你把钱直接汇入对方的账户，若是物品有假或不喜欢，你想退货是很难的。

5. 仔细验收你的购买品。

你在网店购买的商品收到后，先别让送货人离开，你应尽快、仔细检查货物有无质量问题，特别是某些部件、功能的完好，应尽早发现，以免超过保修期或保质期。若发现货物不符合要求的，请快递人员留下名字和编号，以便以后查证，因为除了卖家会骗你外，快递公司也有能损坏物品，或者掉包换成其他商品。

6. 选择有规模、有信誉的网站。

比选择网店更重要的是选择一个好的网上购物网站，若是网站很信誉度低，就很难有信誉度高的网店。如几年前电子商务刚兴起时就创建的一批网站，经历网络泡沫后，有些被淘汰掉，有些则一直健康发展下，这些网站的信用和服务一般都较好，信用及服务水平普遍受到网民的满意。欺骗性的网站一般成立时间都不长，规模小，为了生存，他们对网店和商城的进入门槛没什么限制，这就容易导致非法网店的出现。目前，国内网站比较好的有淘宝网网、拍拍、卓越网、当当网等。

向家庭主妇学点"抠门理财"的小窍门

会生活的人会"抠门"，特别是那些懂得持家过日子的漂亮主妇，很会"抠门理财"，她们未必一分钱不舍得花，不懂得享受生活，只是她们知道怎么花钱最划算，怎么消费才省钱，"虾米青年"应该从她们身上学点经验。为此，我们总结了几点：

1. 积攒折扣券，打折送礼

如果你经常去肯德基、麦当劳之类的地方吃东西，你会发现拿着折扣券要比没有折扣券优惠很多钱，这些餐厅的折扣券到处都有发，平时要注意积攒。还有一些网站也提供自行打印的折扣券。除了餐饮业，折扣券服务涉及到的行业还有很多，购物、旅游、健身、演唱会、驾校、保险等生活的各个方面。

2. 办理会员卡享受优惠

如今，商家纷纷推出了自己的会员卡，或者是和银行推出了联名信用卡，在结账买单时，如果能出示你的会员卡，商家就会给你一些优惠。花更少的钱，享受同等品质的服务，何乐而不为。

3. 选购超市自有品牌

购买日常用品，超市自有品牌是物美价廉的选择，它们的质量通常与品牌商品无甚区别，价钱却便宜不少。另外，止痛药也不妨购买本土品牌，它们通常具有同样疗效。

4. 反季节购买衣物

一些衣服在不同的季节购买价格是不同的，特别是那些反季节的衣物。笔者认识一个女孩就喜欢买反季节服装，有一次，她在商场购买了七八件冬装比 3 个月前购买至少省下 2000 多元钱。不过，这些衣服可能在来年就不流行了，买的时候要考虑好，如果买了不穿就是最大的浪费。

5. 在晚上 20 点后去超市买东西

很多超市为了保证一些新鲜品都能当天卖掉，都会在晚上20 点后对当日的水果、生鲜、蔬菜、熟食、面包等产品进行降价处理。如果你选择这个时段去逛超市的话，会比白天买省一些钱，如果经常买就会省一大笔钱。

6. 请朋友来家中聚餐

在外边请客吃饭会花费很多钱，只要不是生意上的伙伴，朋友间的聚会完全可以在家里举行，请朋友到家里来用餐，这不仅体现了主人对客人的尊重，还可以营造一种亲密、融洽的氛围。

7. 买一些实用的二手商品

二手商品就像二手房一样，是别人用过的，如果它的质量没问题的话，你完全可以买来使用。二手商品的价格往往比新的便宜一半，这样就可以省下一大笔钱。不过，二手商品没有厂家给你担保质量，在选择时一定要小心。

8. 巧用团购、代购

大到房子，小到一块瓷砖，团购不但可争取更多价格优惠，还有详尽的咨询服务，可以帮助选择性价比较高的产品，省钱的同时还可少走弯路。特别适合装修材料和厨房电器的购买。而常用的护肤品可以让办公室的同事出国时互相代购，通常比国内专柜价格便宜 30% 以上。当然，下次也要记得帮别人带东西。

9. 合理节约杂费

常见的杂费包括水费、电费、电话费等都可以节省。有些就是自己举手之劳的事情，比如冰箱中食物不要放得太满，可减少电量的损耗等等，……总之，在每个细节处节约。

第十章

20 几岁时，女人打造你的"潜力股"

有人说吃苦的爱情是美的，正如周华健在《一起吃苦的幸福》中温馨地唱道：就算有些事烦恼无助 / 至少我们有一起吃苦的幸福 / 每一次当爱走到绝路 / 往事一幕幕会将我们搂住 / 虽然有时候际遇起伏 / 至少我们有一起吃苦的幸福 / 一个人吹风只有酸楚 / 两个人吹风不再孤单无助⋯⋯

事实上，我们需要吃苦的爱情。一方面，并非每个女孩都能嫁给一个富男人，即便嫁了富男人也未必是个好男人。很多男人在他年轻的时候都一无所有，他的成功是需要过程的，你得给他时间去奋斗，愿意陪他吃苦，而值得女人去吃苦的就是"潜力股"男人，这是一个女人用自己的青春和信任对一个男人的投资。同时，"潜力股"男人能否获得成功也有爱人的一份责任，你必须支持男人、鼓励男人、信任男人，还要懂得包装男人。

嫁不了富男人也要嫁"潜力股"

相亲节目中，那些女孩赤裸裸的"爱钱观"反映了当下女孩想嫁个富男人的心理。在她们看来男人"收入不错、工作稳定"是不可少的条件，而且最好有车有房，还有的开口是宝马，闭口就是豪宅……这种心理在女孩心中普遍存在着。

然而，正如我们前面多次讲到的一样，大多数年轻男人还处于奋斗期、潜伏期、过渡期，真正能达到女孩要求的只有那些功成名就的老男人和富二代，这些男人中说不定很多是有家室的或是好吃懒做的花花公子。就中国目前的发展来说，他们在整个男人群体中所占的比例不到10%，这也就决定了能让自己嫁得好的女人不会太多，大部分女人要想嫁得出去还得选择那些还一无所有的穷男人、"虾米青年"、"蜗居男"，否则你就当剩女吧，高傲的白领如此，平凡的"虾米青年"女人更是如此。

再换个角度想，常言到："一入侯门深似海"豪门太太又岂是好当的。即便你嫁入豪门你也未必能幸福。一方面你和男人的地位是不平等的，你必须守规矩，不能有自己的个性，得做最听话的好老婆、好儿媳，你没资格和婆婆牛气，只能在豪门里忍气吞声。另一方面，你的老公很难给你安全感，你时刻都会担心他会被别的女人抢走，如果是风流男人，说不定哪天"小三"就出

236

现在你的面前。还有就是，嫁给富男人最寂寞，很多女人是全职太太，一个人待在家里，没人说话，没人聊天，这样的生活，房子再大你都没有丝毫的幸福感。

那么，女人该选择什么样的男人呢？根据对"过来女人"的了解，她们纷纷表示"潜力股"男人才是最好的男人，那些当年的穷女人在选择了"潜力股"后都成为了幸福的人，而有些曾经嫁给富男人的拜金女如今却成为了怨妇，因为这些男人要么贬值了，穷的一文不值，要么就是离婚了。她们在经历这些后，明白"潜力股"最值钱。

"潜力股"本是股票中的一个术语，指在未来一段时期存在上涨潜力的股票或具有潜在投资预期的股票。如果用在男人身上就是一个暂时还很贫穷或者还默默无闻的男人，一个在女人的期望中能飞黄腾达，能给女人带来幸福的男人。说白了，"潜力股"是女人对男人的一种期望和寄托，这种期望来源于男人所具备的条件和所付出的努力。于是，很多女人选择老公就如同股票投资，擦亮明亮的双眼去搜寻"潜力股"，希望捞到将来可以一路漂红的"绩优股"。

所以，年轻女孩在选择男朋友的时候，不要把男人的物质条件作为唯一的择偶标准，你的目光应该放得远一些，用自己的眼光和信任去投资自己未来的幸福，那些看上去很穷的男人说不定以后就是下个富豪。不过，并非任何"潜力股"都能成为"绩优股"，你不能跟着感觉走，也不能被男人伪装出来的勤奋和智慧所迷惑，你必须对所选择的"潜力股"有一个判断，只有选对了，今天的穷人才是明天的富人，否则你看好的"潜力股"永远没有上升的空间。下面这几点在选择"潜力股"男人时需要考察。

1. 他必须是一个负责任的男人

如果一个女人把某男人当成"潜力股",愿意跟着他一起吃苦,他必须负担起一个男人的责任,去爱护她、保护她,并用双手去创造幸福。而一个为家人的幸福而奋斗的男人,想不成功都难。这样的男人无论在事业上成功与否,在家里他们都是顶梁柱,在必要的时候站出来为家人排忧解难,成为女人的依靠,给女人安全感。

2. 找个有"欲望"和"野心"的男人

一些穷男人之所以平庸,是因为他们没有改变现状的"欲望"和"野心",他们容易满足,相信穷是自己的命运,他们为了保住饭碗小心翼翼的活着,害怕失业,也不敢去创业。而穷男人要想成为女人的"潜力股",他们一定要有"欲望"和"野心",有了这些,就有了努力的方向与目标,就能加速成功。

3. 要富有爆发力和挑战精神

"潜力股"男人要有奋斗的激情,他们应该像是一张拉开的弓,沉稳、平静、蓄势,等待着的是挑战和征服。这样的男人,时刻有着一份不断磨砺的激情,他们不怕困难,不怕挑战,无论什么情况下都能够迎难而上。

4. 能抓住机会蓄势而行动

"潜力股"男人也许看似平凡，但在他的体内却埋藏着巨大的能量，他懂得一点一滴的充实自己，不断地吸收新的养料，积厚薄发，等待机会的来临，然后迅速亮剑获得胜利。即使暂时没有成功，"潜力股"男人也不会甘心一辈子穷下去，他们总会积极地寻找机会，并不断磨练自己，积累各种经验等待下次的机遇。

5. 这个男人要有坚强的毅力

"潜力股"男人做任何事情必须有毅力才行，能坚持下去，不能三天打鱼两天晒网，遇到一点困难就说放弃。毅力是成功的保证，只有不怕困难、挫折、打击，始终坚持到底，如此才可以获得最后的成功。

6. "潜力股"男人要懂得谋略

"潜力股"男人知道如何利用别人的力量来赚钱，也就是所谓的"借力之术"。这样的男人往往有着很强的洞察力，他们会观察别人，知道如何通过与别人打交道来获得他们所需要的东西，也知道别人对他们的反应如何。通过借力，他们的实力大大增强，会少付出很多努力，成功的几率大。

女人要给男人一个奋斗的缓冲期

要把男人培养成"潜力股"并非那么容易，他们必须经受社会大潮的磨砺和锻炼，也就是说要经历一个从贫穷到富有的过程，这个过程也许是漫长的，可能是五年，也可能是十年。在这种情况下，女人必须给男人一个奋斗的缓冲期才行，别盼望着他马上就变成富翁，除非他抢银行，也别盼望着他一年后就买套房子让你住，除非你们做"房奴"。

有了这个缓冲期后，男人就可以像一棵小树一样在阳光的照耀下，在你的支持下茁壮成长，等他长成撑天大树时，你还害怕得不到幸福的生活吗？到那时，"潜力股"男人已经在人生的舞台上大展拳脚，财富便滚滚而来。

有些年轻女孩总希望自己的男朋友一毕业就可以有房有车，可她们也渐渐认识到这不太实际，另一方面很在乎自己的感情，不会因为贪图富贵而移情别恋，这时他们就做出聪明的选择——给男人一个奋斗的缓冲期，事实证明她们的选择是正确的。

在一所大专毕业后，小娜和陈杰成为北京的一对"虾米青年"。他们由于钱不多，就去了通州郊区租了一间平房住，每月租金 300 元。有了落脚点后，两个人疯狂地找工作，虽然最后都找到了一份工作，但由于学历和经验的问题，他们的薪水都不高。

小娜在一家文化公司做文员，月薪1500元，而陈杰只是一名网站的电话业务员，就是每天给全国各地的人不厌其烦地打电话，推销公司的产品，工作不是很稳定。由于每天要到市中心去上班，两人都过得十分辛苦。他们到公司，有时候要花费一个小时，如果遇上堵车，就会变成两个小时，在这种情况，迟到罚钱是常有的事情。这样的"虾米青年"生活他们大概过了半年时间，尝到了北漂的艰辛和没钱消费的苦日子，有时候还会有种失落感，觉得想象中的北京生活离自己很遥远。

后来，为了上班方便，他们搬到了市区内的一间地下室住，月租是每月400元。虽然房租贵100元，条件也差了些，但上班方便了，两人在地下室又住了一年。时间长了，小娜开始讨厌地下室的生活，对男友越来越不满，看不到未来的希望，她真的想找一个有房有车的男朋友。有一天，小娜终于忍不住了，就在房间里发牢骚说："难道我们一辈子住地下室吗？"

陈杰说道："现在房价那么高，每平方米都好几万，一套二三百万的房子咱们能买得起吗？这是不现实的！"

小娜依然沉浸在她的房子梦中，她辩驳说："但别人的男朋友刚毕业都有了房子，都当了白领，都过着小资的生活，而我却成了一个'地下室宅女'，好委屈啊！"

陈杰带着歉意说："我们现在还处于奋斗期，还是一个一穷二白的"虾米青年"，但我会努力的，而且我也相信这一切苦日子都是暂时的。"

那夜，两个人都沉默了，第二天早晨陈杰对小娜说："咱们可以再等几年买房吗？你给我几年的时间，让我有个过渡期好吗？"

小娜当时没有说话，其实她心里很矛盾，一方面她很想要房子，也认识到了生活是多么的现实，没有房子，再好的感情也会觉得心里空荡荡的，另一方面，她很理解男友，知道他需要一个过渡期，而她必须给男友一个缓冲期。

经过深思熟虑，小娜停止了不切实际的抱怨，而陈杰也没有辜负女友的期望和支持，他一边在外边努力工作，一边做最体贴的男朋友。他回到家后经常帮女朋友做家务，陪她一起看电视剧，或者依偎在床头聊天，处处呵护着她，让女友更加相信自己找对了男人。后来，他们就结婚了。

几年后，陈杰经过"缓冲期"的学习和磨练，成为一名年轻的职业经理人，年薪足足有50万之多。这个时候，他们买了房子，有了车子，小娜还把自己的父母接到了城里住。有时候，陈杰会怀念"虾米青年"的生活，觉得在那样的环境里学会了坚强和忍耐，也懂得成功是一步步争取的，必须有一个缓冲期才行。他更感谢自己的女朋友，感谢她给自己一个奋斗的缓冲期。

不过，给男人一个缓冲期不是女人的一句空话，很多女人都没有坚持到最后就退却了。因此，你在决心选择一个"潜力股"男人后就要做好等待的准备，不能急躁，你要有耐心，耐得住暂时的贫穷，耐得住虚荣的引诱，把自己的心放平稳。在这个缓冲期内你应该做到以下几点。

1. 不急着，有耐心等待

花开花落都需要时间的煎熬，你不能在春天时就立刻过渡到夏天，也不能在夏天马上进入秋天，对男人的等待也一样。缓冲期的渡过需要一个时间，不要逼着男人成功，给他足够的时间去做自己的事情。

2. 你要对男人有足够的信任

既然选择给男人一个缓冲期，你就要对男人有足够的信任，不要再怀疑他的能力，相信他能够成功。同时也不要担心男人以后有钱了就甩了你，爱一个人就要信任他，不要盲目臆断男人将来会如何对待你。

3. 不要嫉妒其他的女人

女人喜欢展现自己富有的一面，同样也怕其他女人看到自己贫穷的样子，怕听到别人嘲笑自己，怕她们说自己嫁给了一个穷老公。所以，她们往往会嫉妒那些嫁得好的女人，并很向往那样的生活，但你要明白，别人的幸福永远不属于你，不要活在别人的幸福里，那样你会很空虚。去接受贫穷的现实，用一颗平和的心看待自己的生活。

4. 不要抱怨自己的生活

在这个缓冲期内你要忍受暂时的贫穷，过不上有质量的好日子，面对不如意的生活，很多女人容易成为怨妇，成天抱怨生活，抱怨男人。其实抱怨不会激励男人，反而增加双方的矛盾。路是自己选的，抱怨不是解决问题的方法，学会忍受生活给予的挫折，没有房子就"蜗居"，没有车子就挤公交，开开心心地度过每一天。

不做"毕婚族"，陪穷男人吃苦创业

今天，很多女孩都想嫁得好，而那些愿意陪男人一起吃苦的女孩倒成了"非主流"。另一方面，恋爱是自由的，女孩有权利选择自己喜欢的人，有权利决定嫁给谁。特别当她们知道大学生不再是天之骄子，在巨大的生活压力下，她们不愿和穷男人吃苦，不想做"虾米青年"，更担心成为难以翻身的房奴。于是，一个新的族群产生了——"毕婚族"。

顾名思义，"毕婚族"是指一毕业就结婚的大学生。《中国青年报》社调中心曾联合搜狐教育开展了一项调查（1897人参加），结果显示，有26％的人选择了"是'毕婚族'或者打算成为'毕婚族'"，也就是说，每四个被调查者中，就有一个是"毕婚族"。

有些"毕婚族"是出于爱情的考虑选择结婚，然而有些女孩则把结婚当成了一种逃避现实的方法，幻想通过结婚过上幸福的生活，以缓解即将面临的就业压力。比如，某重点大学中文系毕业生小徐一毕业就嫁到了深圳。先生家境殷实，大学毕业前夕，已经为小徐在深圳某单位物色了一份"收入高、福利好"的工作。小徐的同班女同学对她羡慕不已，认为"这样小徐可以少奋斗十年！"

于是，"工作找得好不如嫁得好"，仿佛成为很多女孩心中心照不宣的一句真理，当女孩成为"毕婚族"后，就会像小徐一样懒得奋斗，去分享男人的果实，在男人的保护下生活。既然嫁人容易，干嘛还去跟着穷男人去受罪。这种心理的存在，导致越来越多的女大学生过早步入婚姻的殿堂，或者盼望着嫁给富男人。

然而，女人要明白这两点，第一，任何男人的成功都是用汗水换来的，他过去不吃苦就难以有今天的成就（富二代、违法犯罪者除外），你心安理得去享受别人的劳动成果会觉得快乐吗？这样的生活幸福吗？坐享别人的劳动成果会使一个女人失去与之平等对话的权利和底气，你只能顺从男人，或者忍气吞声。

第二，刚毕业的男人是没有结婚能力的，你能够找到的对象应该是那些比你大的老男人，这些男人选择你、看上你是因为你年轻漂亮，还是他们看重你的感情？如果是前者，你能保证他会爱你一辈子吗？他今天选择了漂亮的你，当有一天你老了，他会不会再爱上其他漂亮的女孩？青春不是获得婚姻的资本，如果选错男人就要付出代价。

所以，女孩成为"毕婚族"并非那么完美，你不能保证你所选择的男人真的会爱你一辈子，你需要长期预防"小三"的入侵。即便是个好男人，你也没有与男人平起平坐的地位，因为一个女人在家中的地位和话语权与曾经的付出成正比。倘若你们是结发夫妻，假如你们一起创业，假如你曾陪他走过人生最困难的日子，我想男人及其家人一定会尊重你，周围的人也看得起你。

只有那些愿意陪男人一起吃苦的女人才能得到尊重，在家中才有资格谈地位和话语权，同时，这样的女人也是天下最美丽的女人。男人不敢不珍惜，你是他成功背后的女人，在内心深处他感谢你的付出，纵然他有一天没控制好欲望去偷腥，但他心中你依然最重要，不会轻易抛弃你，只有这样，你的地位才安如泰山。

而年轻的男人，特别是"虾米青年"们更需要女人陪他们一起吃苦，每个男人只有通过奋斗才可以获得财富，而女人陪男人吃苦也在情理之中。两个人在一起吃苦，就能感受到生活的快乐，正如周华健在《一起吃苦的幸福》中唱道：就算有些事烦恼无助／至少我们有一起吃苦的幸福／每一次当爱走到绝路／往事一幕幕会将我们搂住／虽然有时候际遇起伏／至少我们有一起吃苦的幸福／一个人吹风只有酸楚／两个人吹风不再孤单无助……

事实上，男人生命中的各个阶段都少不了女人的支持和鼓励，需要女人陪着自己一起吃苦。在男人20多岁的时候，还一无所有，他处在一生中的最低点，没钱、没房、没车、没事业，又不想依赖父母，挣扎着彷徨着，寻找着自己的位置。这时女人就应该给男人一些鼓励，让他寻找到人生的方向。在男人30岁时，为了面包和房子，他开始创业，但创业之路是极其艰辛的，需要女人一如既往的支持，公司成立后，他也希望你做他的左膀右臂……

等男人获得成功时，他绝不会忘记你曾经付出的一切，他们开始感谢你，给予你肯定。从此，他不会再让你继续吃苦，这时你有了房子，有了可爱的孩子，更有了与男人一起创造的财富，这样的吃苦不是很值得吗！

所以，请坚信女人在20几岁时陪爱得男人一起吃苦就是在创造未来的幸福。

女人学会包装自己的"虾米男人"

有个女孩这样说：

我男朋友性格比较内向，平时不爱出去玩，只喜欢一个人闷在家里做宅男，交际圈子狭窄。而我却性格外向，朋友较多，也经常参加一些聚会什么的，这时我就会让他和我一块去，可他却从来不参加，就一个人在家看电视、玩游戏。

另外，男朋友很不喜欢我在外边交那么多的朋友，他对我那些异性朋友很敏感，经常会误会我和别人的关系，只要有男人出现他就怀疑是情敌，我真的很冤枉啊。因为这些破事儿，我们经常吵架，想批评他又怕伤害他的自尊心。我觉得这样下去不是办法，一方面会增加男朋友的疑心，两个人还会有吵不完的架，另一方男朋友再这样下去对他自己也不利。一个成熟的男人应该有开阔的世界，要多接触周围的人，去了解更多的事情，这对他的成长和事业很有帮助。

后来，我想让男朋友融入到我的圈子里，可当男朋友进入我的圈子后，我依然是烦恼的，因为他与大家格格不入，一是形象太邋遢，二是不懂得各种场合的规矩和礼仪。一次我带他参加一个朋友聚会，他不会使用不锈钢刀叉，而且喝汤时喜欢用自己的勺子直接下手，不是公用的勺子，害得朋友们再也不去享用这道菜。一个女孩说"你男朋友真可爱"！我知道这句话的意思是"你男朋友太土老帽了，你这个女朋友是怎么当的，失职啊！"极大刺伤了我的自尊心。

那次聚会之后，我郁闷了好几天，后来我便想通了，我决定去包装男朋友！如果男朋友带不出去，在外边被人笑话老土，那一定是我这个女朋友没做好。说干就干，第一步就是和男朋友进行沟通，让他接受我的包装，在我"软硬兼施"下，他妥协了，接受了我的改造。第二步，我就策划了一个包装方案，从形象、社交、工作等等各个方面去打造一个全新的男朋友。第三部就是执行方案，这个过程是艰辛的……

功夫不负美人心，在我的精心包装下，男朋友渐渐有了变化，不仅喜欢交往，在穿衣打扮方面也大变样。那些还是小变化，重要的是他对人生的态度变积极了，通过交往，他接触了很多有用的人，增长了见识，也刺激了他的斗志，后来就做了一名主管。哈哈，男朋友成功了，我想这其中有我很大一份功劳。

从这个故事中可以得出一个结论：男人的成功也是女人的成功，因为你是他成功背后的女人，同样，男人的失败也是女人的失败，说明你这个背后的女人没做好，至少你没有花费精力去包装你的男人。那些聪明的女人都懂得包装自己的男人，让优秀的男人更完美，让不优秀的男人通过包装变得优秀，总之既然选择了这个男人，并准备或已经赌上了自己的青春，你就要对男人的成败负点责任。

这里讲的包装不是对产品的加工处理，而是类似于经纪公司对演员的形象设计，目的是为了对外宣传和炒作明星，扩大知名度，让观众看到一个完美的偶像形象。女人对自己的男人也可以进行这样的包装，当然你用不着炒作男人，但你可以通过形象设计来展示男人优秀的一面，并帮助男人改掉或者纠正那些不好的习惯和脾气。

男人的包装应该分外表和内涵两种。如果光有外表，缺乏内涵的话，这样的男人就缺乏品位；光有内涵而没外表的话，就难以给人留下好的印象，显得邋遢不够庄重。所以女人包装男人要注意内外双修，均衡发展，外表和内涵都达到一定的高度。你可以从下面几个方面做起：

1. 穿衣打扮的包装

"人靠衣装马靠鞍"，懂得如何将自己男人的外表包装的光彩些，应是每个女人的"必修课"，你不仅要每天把自己打扮的漂漂亮亮的，还要精心打扮自己的男人。男人穿什么衣服、鞋子，佩戴饰品，如何搭配都需要女人在一旁操心。比如，上班穿正装，要注意西裤、皮鞋和袜子三者颜色统一或相近，使腿和脚在颜色上成为完整的一体。还比如平常出门逛街可以穿得休闲一些，但休闲也不是随意穿戴，要时尚得体。再有，平常参加聚会、婚礼之类的也要根据场合的不同搭配不同的衣服，太正式的场合就别让男人穿得太休闲，这样显得不够庄重。

2. 举止形象包装

除了衣装，男人的举止形象也是外在包装的重点，因为人的每个细微的动作，不经意的一句话都是外在形象的展露。如果有什么不雅的动作，比如在正式的场合翘二郎腿、抠鼻眼儿、大大咧咧，或者爱讲粗话、大声喧哗、爱讲"黄段子"等等，这些都给人留下不好的印象，让别人厌烦你。因此，女人要学会包装男人的举止形象，帮助他们纠正不良的习惯和动作，做到举止文明大方，说话得体高雅。

3. 社交方面的包装

有些男人不爱社交，只喜欢一个人宅在家里玩游戏，或者和几个狐朋狗友在一起瞎混，他们或者自闭，或者不思进取，这对男人很不利。女人要想包装一个积极向上的好男人，就要鼓励男人走出自己的小天地、小圈子，多参加一些聚会，多接触别人，建立自己的人脉网。同时，女人还要帮助男人了解各种场合的礼仪，比如说话要有礼貌、饭桌上的各种规矩等等。

4. 塑造男人完美性格

性格是一个人习惯化的心理特征。诚实或虚伪、勇敢或怯懦、勤劳或懒惰、果断或优柔寡断等等都被认为是性格特征。在这些性格中，有些性格是优势，有的则是弱点，这些性格将决定着你的命运。女人要想塑造男人的完美性格，就要让男人把好的性格展现出来，然后克服性格弱点。

5. 管住男人的坏脾气和小脾气

男人都是有脾气的，这也许是个性使然，比如暴躁、易怒等等，但坏脾气无论对家庭和别人都是不尊重的，所以女人要帮助男人改正，只有对人平和友善才能与别人和睦相处。还有一些男人有小脾气，比如小肚鸡肠、耍性子等等，这些脾气会让人觉得不够大度，不够男人。总之，女人要会塑造一个温和且胸怀宽广的男人。

6. 要有品位，培养高雅情操

男人虽然没有等级之分，但那些有品位的男人绝对是男人中的精品，他们就像一款精心缝制的衣服，光彩夺目；他们也像一杯香茗，值得别人细细品尝，越品越有味道；他们还像一件高超的艺术品，值得人们欣赏和琢磨，给人一种神秘的色彩。而且，有品位的男人都有着高雅的情操，懂情调，懂浪漫，也懂得幽默。因此，女人要去打造一个有品位、有情调的精品男人，比如让他们学会欣赏高雅的艺术，培养高雅的爱好，要实现这一目的最方便最实惠就是让男人多读书，增加自己的知识和素养，多看一些有深度的电视节目，多看新闻，多思考，对这个世界的很多事情要有自己的判断等等，总之让男人与众不同。